아빠의 육아일기

4

하빠의 육아일기 4

초판 1쇄 인쇄일 2016년 7월 06일
초판 1쇄 발행일 2016년 7월 13일

지은이 신상채
펴낸이 양옥매
디자인 황순하
교정 조준경

펴낸곳 도서출판 책과나무
출판등록 제2012-000376
주소 서울특별시 마포구 방울내로 79 이노빌딩 302호
대표전화 02.372.1537 **팩스** 02.372.1538
이메일 booknamu2007@naver.com
홈페이지 www.booknamu.com
ISBN 979-11-5776-222-4(03800)

이 도서의 국립중앙도서관 출판시도서목록(CIP)은 서지정보유통지원 시스템
홈페이지(http://seoji.nl.go.kr)와 국가자료공동목록시스템
(http://www.nl.go.kr/kolisnet)에서 이용하실 수 있습니다.
(CIP제어번호 : CIP2016016013)

하 빠 의
육 아 일 기

신상채 산문집

"어떤 사람이 가장 행복한가? 그것은 사랑하는 이를 위해 기꺼이 고생할 줄 하는 사람이다." –철학자 김형석(金亨錫)

"행복의 비밀은 내가 좋아하는 일을 하는 게 아니라 내가 하는 일을 사랑하는 것이다." –'피터팬'의 저자 제임스 베리

저와 같은 범인(凡人)은 손자들 돌보면서 가끔씩 찾아드는 게으름에 잠시 흔들리지 않을 수 없게 되나 봅니다. 그런데 이 말들은 제게 느닷없이 내리치는 죽비(竹篦)와도 같았고, 또 깊은 상처를 어루만져 주는 보드라운 다독임과도 같은 큰 울림으로 다가왔습니다.

그분들은 저와 단 한 번도 직접 마주친 적이 없습니다. 그렇지만 굳이 따지자면 저는 이미 그분들의 여러 저서를 통해 많은 가르침을

받았으니 제가 참 존경하는 스승이기도 합니다. 그분들 말씀대로 손자들 돌보는 데에 더 많은 관심과 더 포근한 사랑을 가져야겠다는 반성과 다짐을 해 봅니다.

손자들은 몸피도 생각주머니도 하루가 다르게 커 갑니다. 반면에 할아비는 그런 손자들을 바라보고 그 뒤를 쫓는 데에 여간 힘이 부치는 게 아니지요. 한마디로 세월의 속도에 숨이 가쁩니다. 굳은 머리로 녀석들이 살아갈 세상을 상상하기란 너무 버겁기도 합니다.
그렇지만 아무리 고단한 현실의 벽이 가로막아도, 불확실한 미래의 그림자가 불안하게 드리워도 그런 걸 다 상쇄하고도 남을 만큼 가슴 벅찬 선물을 안겨 주는 존재가 있어 저는 지금 한없이 행복합니다.

이제 한 달 남짓 있으면 큰 외손자와 큰손녀가 초등학교에 들어갑니다. 핏덩이 때부터 줄곧 가슴 졸이며 지켜봐 온 녀석들이 이렇게 세상을 잘 열어 가고 있어 참 대견합니다. 오늘도 그렇고 내일도 할아비의 손자바라기는 여전히 계속될 것입니다.

갑신년 정월 그믐날
황방산골 하빠의 글입니다.

CONTENTS

1월

하얀 개는 사람으로 환생한대요
좋은 생각이 있을까… 없을까?
나 못 살아!
우리 선생님은 안 때려요
이제 그만 보고 싶다
내 몸 부서지는 한이 있더라도
언니는 없네!
하빠, 저렇게 해 봐!
담이의 잠꼬대

하얀 개는 사람으로 환생한대요

며칠 전부터 '흑비(黑鼻)'의 거동이 부쩍 수상쩍다. 평소 같으면 사람이 드나들 때마다 귀찮을 정도로 주인을 졸졸 따라다녔는데 이젠 늙어서 그런 것인지 모르는 사람이 찾아와도 제 집 속에 콕 박혀 내다보지도 않는 일이 잦아졌다. 식구들은 그렇게 영리하던 놈이 아마도 노망이 든 모양이라며 농담 반 진담 반 걱정을 하기도 한다. 한마디로 특급 경비원 신분을 망각하고 밥만 축내는 애물단지가 되어가는 중이다.

개들이 사람을 가장 반기는 때는 말할 것도 없이 먹이를 줄 때인데 요즘 들어서는 사료를 주어도 별로 달가워하는 것 같지도 않다. 하루 종일 먹지 않은 사료가 밥그릇에 그대로 남아 있는 날도 많아지고 날씨가 추워진 탓에 만사가 귀찮은지 눈에 띄게 활동량도 줄었다. 틈만

나면 해바라기를 하며 양지쪽만 찾는다.

하긴 개 나이로 11살이니까 사람으로 치면 살날이 얼마 남지 않은 할머니 신세나 다름없다. 아침밥을 준 뒤로 잘 먹었는지 궁금해서 점심때쯤 나가보았더니 밥그릇이 깨끗이 비워져 있었다. 주인이 나타나도 반갑게 다가오지 않은 것 말고는 평소와 별로 달라진 걸 못 느꼈다. 저녁 무렵 평소에 흑비가 잘 따르던 처남이 집을 찾아왔는데 그도 역시 흑비의 동태가 심상치 않다는 말을 여러 차례나 되뇌었다.

날이 어두워지자 한데서 자는 개가 불쌍해서 개집을 살펴보러 나왔더니 흑비가 안 보인다. 낮이라면 햇볕을 쬐느라 제 집에서 나와 있겠지만 이 추운 날 밤에 개집 안에 없는 게 이상스러웠다. 어두운 마당 이곳저곳을 찾아다니며 개를 불러 보지만 아무런 반응이 없다. 구석구석을 찾아 헤매다 보니 어두운 꽝꽝나무 밑 땅바닥에 희끄무레한 물체 하나가 보인다. 가까이 다가가서 자세히 살펴보니 흑비가 엎어져 있었다.

하필이면 새해 첫날 비보를 전해 들은 식구들이 하나같이 슬픔에 휩싸인다. 죽음의 그림자가 드리워 그렇게 이상한 행동을 보였었나 보다. 내자는 금방 울음이 터질 것 같은 얼굴로 탄식을 한다.

"우리 흑비 불쌍해서 어떻게 해…"

눈에 띄게 늙어가는 걸 바라보며 흑비가 죽으면 어떻게 할까를 막연히 걱정해 본 적이 더러 있기는 했다. 그렇지만 막상 이렇게 일이 닥치자 몹시 당황스럽다. 이 엄동설한에 장례를 치러 줄 일이 당장 걱정이다.

꽁꽁 얼어붙은 땅을 파는 일도 만만치 않지만 뒷산에 묻어 주자니 냄새를 맡은 배고픈 산짐승들이 그냥 놔둘 리도 없겠고. 그래서 동물병원을 하는 사촌 처남에게 상의를 했더니 동물 사체를 전문으로 수거해서 처리하는 사람이 있다고 한다. 혹시 엉뚱한 곳으로 보내지는 건 아닌지 조금 못 미덥긴 하지만 달리 마땅한 방법이 떠오르지도 않는다.

그날 밤은 불쌍한 흑비 생각에 잠을 이룰 수가 없었다. 날이 밝자 가만히 방을 빠져나왔다. 흑비의 불쌍한 모습을 다른 식구들이 보게 하고 싶지는 않았다. 불과 10여 킬로그램밖에 안 되는 작은 목숨을 조심스레 종이 상자에 담았다. 세상에 한이 많아서인지 눈도 감지 못한 채 차디찬 땅바닥에 엎어진 모습이 짠해서 가슴이 먹먹하다. 길을 지나다 가끔씩 차에 치인 동물들의 처참한 모습을 목격하기도 했지만 그래도 그때는 지금처럼 이렇게 짠한 마음이 가슴에 와 닿지는 않았다.

사촌 처남에게 사체를 넘겨주자 그가 위로의 말을 건넨다.

"예쁜 발발이 한 마리를 구해 드릴 테니 잘 키워 보세요."

이 말에 곁에 있던 내자가 정색을 한다.

"아니야, 이제 다시는 안 키울 거야. 목숨 달린 것들과 정 떼기가 너무 힘들어…"

"다른 개를 키우다 보면 그 슬픔을 잊어버리게 될 거예요."

"아니, 절대로 그렇게는 안 할 거야!"

세 살짜리 작은 손녀에게 물어보았다.

"유수야, 흑비는 어디에 갔어?"

"하빠, 흑비는 땅속에 들어갔지, 응?"

분명히 땅에 묻었다는 말을 한 적은 없었는데 어린 녀석이 눈치 빠르게 흑비의 죽음을 잘도 알고 있구나. 아이의 표정을 유심히 살펴보지만 겨우 세 살 유아가 영원한 이별의 아픔을 제대로 느낄 리야 없겠지.

혼자 조용히 흑비의 일생을 더듬어 본다. 흑비가 우리 집에 들어온 건 아마도 태어난 지 5, 6개월쯤이었을 게다. 그 무렵 나는 오랫동안 꿈꾸던 전원주택을 지어 이 산골로 이사를 했고 아는 사람 하나가 입택 선물로 진돗개 두 마리를 보내왔다. 개치고는 미견(美犬)이라 할 만큼 하얗고 예쁘게 생긴 놈들이었다. 동네 사람들도 모두 부러워하는 잘 생기고 영리한 놈들이었다.

그런데 사람으로 치면 일란성쌍둥이라서 처음에는 두 놈을 구분하기가 어려웠다. 그러다 어느 날 자세히 관찰하다 보니 두 놈을 구분할 수 있는 확실한 차이를 하나 발견했다. 두 녀석은 그때부터 제법 유식한 한자식 이름을 달고 살게 됐다. 한 놈은 코가 빨개서 홍비(紅鼻)라 했고, 또 한 녀석은 코가 까매서 흑비(黑鼻)라 불렀다.

대부분의 짐승들이란 서로 서열 다툼을 살벌하게 한다는데 요놈들도 예외는 아니었다. 우리가 보기에 공포심을 느낄 정도로 무섭게 싸워댔다. 도저히 더 이상 두고 볼 수가 없어 가족회의 끝에 한 놈을 내보내기로 결정했다. 그때 집에 남기기로 간택된 놈이 바로 흑비였다. 늘 홍비에게 물어뜯기기만 하던 불쌍한 놈이어서 식구들의 동정을 샀던 놈 말이다.

사람의 기준이 개에게 꼭 맞는 것인지는 의문이지만 어쨌든 흑비의 애환은 우리와 함께 시작되었다. 아마도 홍비에게 시달리던 것부터, 혈육인 홍비와 이별한 아픔과, 덩치 큰 풍산개 수컷과의 교미를 거부하던 날의 공포와, 친자식처럼 돌보던 두부(온몸이 두부처럼 부드럽고 흰색이어서 붙인 이름으로, 순창 장덕사 스님이 선물로 보내 준 수컷)와의 이별, 자신이 낳았던 세 마리 자식들과의 이별 등 사는 동안 인연을 맺었던 다섯 마리의 개들과 헤어진 아픔을 겪으며 심한 우울증에 시달렸다.

식구들은 흑비를 우리의 소중한 가족으로 여기는 데에 조금도 주저하지 않았다. 그래서 심지어는 서슴없이 수양딸이라고도 불렀다. 특별히 주문해서 멋진 이글루 모양의 하얀 집도 마련해 주었다. 집 주변은 항상 청결한 상태로 유지해 주었고 철따라 또 수시로 이부자리도 갈아 주었다.

또 아무리 말 못하는 짐승이지만 집안에서는 자유롭게 지내도록 목줄도 매게 하지 않았다. 사료도 영양을 고려해서 비교적 품질이 좋은 것만 골라서 먹였다. 물론 밥그릇도 항상 깨끗하게 씻어 주었고 깨끗한 물을 마실 수 있게 하는 것도 잊지 않았다.

명절이나 집안 제삿날이면 특식을 먹이는 것도 잊지 않았고, 밖에서 회식이라도 있는 날이면 동석자들의 눈치를 무릅쓰고 꼭 음식을 챙겨 와서 먹였다. 틀림없이 사람 옷에서 나는 음식 냄새를 맡을 걸 생각하면 그냥 지나칠 수가 없었기 때문이다.

순종이라고 장담은 할 수 없지만 진돗개의 혈통 탓인지 깔끔하고 영리한 편이었다. 가끔 방문객이 드나드는 틈에 얼른 대문 밖으로 나가기는 하지만 다른 개들처럼 남의 밭을 헤집고 다니거나 아무 음식에나 눈독을 들이지도 않았다. 문밖을 나서도 동네에서 별 말썽을 피운 적도 없이 산책을 마치면 곧장 귀가하곤 했다.

또 주인과 같이 오거나 주인과 대화를 나누는 사이면 처음 본 사람일지라도 절대로 짖지 않았다. 대신 확인이 안 된 사람에게는 가차 없이 사납게 짖어댔다. 식구들은 이구동성으로 이런 흑비가 있어 참 든든하다고 했다.

사람이건 짐승이건 오래 살다 보면 차마 겪고 싶지 않은 일과도 부딪치게 되는가 보다. 흑비에게 가장 미안한 일이라면 흑비와 인연을 맺었던 그 다섯 마리 개들과 한집에서 같이 살게 하지 못하고 이별의 아픔을 안긴 것이다. 개를 키워 본 사람들이라면 다들 이해하겠지만 한집에서 두 마리 이상을 같이 키우기란 보통 힘든 일이 아니다. 아무리 얌전한 놈이라도 둘 이상이 되면 이건 몇 배나 복잡한 일들이 생긴다. 어쨌든 사람의 기준으로 좀 더 편한 걸 선택하다 보니 그리

되었던 것이다.

또 한 가지 미안한 일이 있다. 유난히 시샘이 많은 고양이를 같이 키운 적도 있었지만 그래도 나는 고양이보다는 개가 우선이었다. 고양이는 따뜻한 집 안에서 지내지만 흑비는 한뎃잠을 자야 했기에 안쓰러운 마음에 더 각별한 정을 쏟았었다. 그런데 흑비가 우리 집에 들어온 지 5년 만에 우리 집엔 참으로 엄청난 변화가 몰려왔다. 그것은 손녀들이 태어나면서부터 흑비에 대한 관심과 사랑이 현저하게 멀어져버린 것이다.

나도 어쩔 수 없는 속물 인간을 벗어나지 못한 탓이다. 그런 소외감을 온 가슴으로 느낀 흑비는 얼마나 서운했을까? 내자도 나도 가끔씩 흑비에 대한 미안함을 토로하곤 했지. 하나둘 늘어나는 손자들에 둘러싸인 주인의 사랑도 멀어지고 나날이 육신은 병들어 가고… 가끔 멍하니 먼 곳을 바라보던 슬픈 눈망울이 내 마음에 채찍을 던지곤 했지.

세상을 살다 맺은 인연은 하나같이 소중하다. 비록 사람은 아니지만 10년 넘게 한집에서 식구로 살았던 인연이다. 지난 일은 늘 후회스럽게 마련이지만 사는 동안 좀 더 잘해 주지 못한 회한이 남는다. 인정 많은 내자는 뜬금없는 말로 흑비의 죽음을 달래 주고 싶어 한다.

"흑비처럼 저렇게 하얀 개는 죽어서 다음 세상에 꼭 사람으로 환생한대요…"

생전 처음 들어 본 말이다. 아마도 인정 많은 저 사람이 안타까운

× 하빠의 육아일기 ×

나머지 지어낸 말이나 아닌지 모르겠다.

2015. 1. 2

좋은 생각이…있을까, 없을까?

유수는 신년 들어 단 하루도 아파트에서 자지 않고 하빠 집에서만 지냈다. 지난밤에도 옆에서 자는 아이의 기척에 깨어 혹시 오줌이라 도 쌌는지 들여다보았더니 어둠 속에서 아이가 가만히 눈을 뜨고 웃 음을 지으며 할아비 품으로 꼭 안긴다.

"하빠가 제일 좋아!"

이 말은 아이의 잠꼬대 속에서도 자주 등장하는 단골 메뉴다.

"엄마 집에 안 갈 거야!"

이 말과 함께.

언니는 밤이면 제 어미를 따라가 아파트에서 자는 날도 더러 있는 데 작은 녀석은 아파트라면 질색을 하며 과민 반응을 보인다. 아파트 라는 말만 나와도 안색이 확 달라지며 괴로워한다. 오늘도 퇴근하는

× 하빠의 육아일기 ×

제 어미가 데리러 온다는 말을 듣자마자 아예 안방으로 숨어버렸다.

어린이집의 짧은 겨울방학이 끝나고 오늘부터는 등원을 해야 하는데, 며칠 동안 잘 놀았던 여운이 짙게 남아서인지 아예 갈 생각을 하지 않고 버티는 바람에 결석을 하고 말았다. 또 아직도 방학 중인 제 언니가 집에 붙어 있으니 녀석이 언니랑 놀고 싶어 안 가겠다고 고집을 피웠기 때문이다. 요즘 녀석은, '언니가 세상에서 제일 좋다'는 말이 입버릇처럼 붙었다.

자매가 노는 양을 바라보면 참으로 신통하다. 언니는 때로 자상한 엄마가 되었다가 엄격한 선생님도 되고 다정한 친구가 되기도 한다. 소꿉놀이를 할 때는 철저하게 역할 분담이 이루어지는 게 참 재미있다. 그러다가도 심통이 난 작은 녀석은 만만한 언니를 험하게 다루기도 한다. 마음 여린 언니는 희생양이 되는 경우가 허다하다. 가끔 머리채를 잡히기도 하고 할퀴는 바람에 대개는 언니가 울음보를 터뜨리면서 싸움은 막을 내린다.

방학 기간인 며칠 동안 우리 집안은 엉망진창으로 변했다. 아이들의 주 무대인 거실은 말할 것도 없고 서재랑 안방이랑 아이들이 거쳐 간 곳은 잔뜩 어질러져서 도저히 정리정돈이 안 된다. 특히 작은 녀석은 궁금한 것이 너무 많아 무엇이든지 꺼내 보고 만져 봐야 직성이 풀리는가 보다. 높은 책장 위에 놓인 돼지 저금통을 내려서 통 안에 든 동전을 모두 꺼내라고 떼를 쓴다. 아이는 저금통을 보기만 하면 동전을 꺼냈다 다시 주워 담는 걸 즐기는 고약한 취미가 있다. 그래서 우리 집 저금통들은 모두 등이 터진 상태를 면치 못한다.

또 할아비의 물건이라면 뭐든지 궁금해서 질문이 끊임없이 이어진다.

"이건 이름이 뭐예요?"

"저건 어떻게 만들었어요?"

"나도 한 번 만져 보고 싶은데…"

혹시라도 아이에게 위험할 것 같은 물2건은 대개 책장의 높은 곳에 놓아두는데 요즘은 꾀가 생겨서 의자나 베게 따위를 놓고 그 높은 곳에 있는 물건들을 내리기도 한다.

오늘은 베개를 놓고 무언가를 꺼내려다가 할아비에게 들키고 말았다. 저러다 엉성하게 쌓아 놓은 베개가 넘어져 다치기라도 할까 봐 걱정이다. 노파심에 할아비가 호되게 야단을 쳤다.

"너, 한 번만 더 그렇게 하면 가만히 안 둘 거야! 그러다 넘어지면 어떻게 하려고 그래!"

할아비의 꾸중에 무안해진 아이는 눈치를 살피며 멀리 달아난다. 한 5분쯤 지났을까? 달아났던 아이가 아까 그 자리에 미련이 남았는지 다시 할아비 방을 기웃거리다 이번에는 할미에게 들키고 말았다.

"유수 너, 거기서 또 무슨 짓을 하고 있는 거야?"

이때 멋쩍은 아이가 장난스럽게 할미에게 던진 한마디다.

"아, 좋은 생각이…있을까, 없을까?"

　　　　　　　　　　　　　　　× 하빠의 육아일기 ×

저 높은 곳에 있는 물건을 꺼낼 좋은 생각이 떠오를 듯하다가 얼른 생각이 잘 나지 않는다는 걸 말하고 싶었던 모양이다.

2015. 1. 5

나 못 살아!

요새도 아이들은 변함없이 하빠 집에서 잠을 자는 날이 훨씬 더 많다. 마침 오늘은 일요일이다. 쉬는 날이면 잠을 깨울 필요도 없이 평소보다 더 일찍 일어난다. 평일에는 작은 녀석마저도 잠자리에서 미적거리는 게 익숙한 습관이다. 잠은 깨었지만 유치원에 가기 싫어 일부러 일어나지 않고 자는 척하는 것이다.

조부모만 찾는 효녀들을 둔 덕분에 딸들의 시달림에서 해방된 아들 내외지만 늙은 부모에게는 미안한 일이라서 속으로야 그리 편치는 않으리라.

아침 10시쯤 되자 며느리가 찾아왔다. 딸들과 같이 놀아 주려고 달려왔지만 아이들은 제 어미를 거들떠보지도 않는다. 그저 할미 할아비만 같이 있으면 더 바랄 것이 없다는 듯 잘 논다.

두 녀석은 두어 달 전에 할아비가 사 준 멋진 책상에 마주앉아 그림

공부에 열중하고 있다. 그러다 갑자기 장난기가 발동한 언니가 동생의 그림 그리는 데 방해를 놓았나 보다. 보통은 동생이 언니에게 훼방을 놓기 일쑤지만 오늘은 언니가 복수라도 하는 모양이다. 이윽고 작은 녀석의 날카로운 한마디가 날아온다.

"나 못 살아!"

놀란 할미와 어미가 아이들에게로 달려가서 묻는다.

"유수야, 왜 그래?"

"응, 언니가 이렇게 해 버렸어!"

작은 아이의 스케치북에 언니의 낙서 자국이 선명하다. 동생을 지극히 사랑스러워하는 언니의 사랑법이 때론 이렇게 엉뚱한 장난으로 튀어나오기도 한다. 말은 그렇게 하지만 언니를 바라보는 동생의 얼굴에도 그리 미워하는 기색은 아닌 것 같다.

비록 세 살밖에 안 된 유아지만 어떤 말의 쓰임새를 적확하게 알고 그 상황에 합당한 말을 골라 쓸 줄 안다. 내뱉는 말마다 찬탄을 금할 수 없게 만든다. 할미도 할아비도 즐겁게 놀란 아침이다.

2015. 1. 11

우리 선생님은 안 때려요

요새 우리나라를 가장 뜨겁게 달구고 있는 소식은 답답한 정치 이야기도, 심상치 않은 북한의 동향도 아니다. 그렇다고 한창 어려운 국면이라는 경제 문제나 한겨울의 날씨 이야기도 아니다. 인천의 어느 어린이집에서 천인공노할 사건이 벌어져 온 국민이 분노에 치를 떨고 있다.

다섯 살 유아가 김치를 잘 먹지 않는다며 보육 교사가 무자비하게 구타하는 장면이 CCTV를 통해 생생하게 비쳐졌다. 무방비 상태의 어린 것에게 힘껏 반동을 주어서 팔을 휘두르자 아이는 저 멀리 나가 떨어졌다. 그런데 그 다음 장면에 비친 아이의 태도가 너무나 충격적이다. 벌떡 일어나더니 다시 제자리에 서서 가해 교사의 다음 처분을 기다린다. 40여 년 전 군대에서 벌어졌던 구타 장면이 오늘 다섯 살

아이에게 그대로 되살아나는 현실이 참담하기만 하다. 사람이 극도의 공포심에 빠져들면 차마 울지도 못하고 오히려 가해자에게 복종하는 심리를 보인다는데…

저 정도의 구타를 당하면 어른도 큰 부상을 면치 못할 텐데 저 아이는 몸과 마음이 얼마나 아플까? 어린것이 벌떡 일어나서 바닥에 떨어진 김치 조각을 주워 먹는 걸 보자니 숨이 턱 막히고 만다.

걸핏하면 인권을 떠들어대는 이 나라 지식인들의 코가 납작해질 만한 사건이 바로 자칭 세계 최고 인권 국가의 하늘 아래에서 벌어졌다. 나라가 돌아가는 꼴이 참 걱정스럽다. 힘 있고 돈 많은 사람들이 자신보다 약자를 무자비하게 깔아뭉개는 일들이 끊임없이 이어지는 이 세상이 너무 무섭고 슬프다.

남들도 이럴진대, 모르긴 해도 저 아이의 부모들은 극심한 정신적 공황 상태에 빠져 있을 것이다. 아이는 평생 이 엄청난 충격에서 헤어나기 힘들지도 모른다. 누가 이걸 치유하고 보상해 줄 것인가? 이런 환경에서 살아갈 수밖에 없도록 만든 게 누구인가? 맞벌이를 하지 않으면 살기 힘들게 만든 우리의 사회경제 구조와 교육제도가 문제다.

왜 위정자들은 이런 사회병리에 대한 진지한 고민도 없고 해결책을 제시하지도 못하는가? 날만 새면 파당 싸움과 기득권 챙기기에 급급해서 이렇게 우리의 미래 세대들이 겪어야 하는 고통을 외면하는가?

이건 분명히 남의 일만이 아니다. 이 사건을 보자마자 내 손자들의 얼굴과 겹쳐져 마음이 천근처럼 무겁다. 아이들이 유치원에 가기 싫다며 울어댈 때마다 혹시 이 녀석들도 이런 일을 당했던 건 아니었을

지 지난날들이 되살아난다.

　지금 사람들은 30대 초반의 가해 여교사에게만 화살을 쏘아대고 있다. 그렇지만 돌아보면 그 역시 시대를 잘못 만난 불쌍한 화살받이 인지도 모른다. 소수의 보육 교사가 철부지 여러 아이들의 온갖 수발을 다 들어 줘야 하는데 반해 처우는 턱없이 형편없는 수준이니 이들의 도덕성 탓만 할 수는 없을 것이다. 내 아이라도 미운 짓을 하면 한 대 때려 주고 싶을 만큼 자제력을 발휘하기가 힘들 때도 있는 법이니 말이다.

　피해 아이는 우리 유수와 같은 또래다. 아무래도 마음이 놓이지 않아 아이에게 가만히 물어보았다.

　"유수야, 선생님이 너 때렸어?"

　"아니, 우리 선생님은 안 때려요."

　"다른 아이들 중에 매 맞는 아이들은 없어?"

　"없어요."

　의사표시가 분명한 아이니까 그런 일이야 없으리라 믿고 싶다.

　방송에 출연한 어느 패널의 말이 귓전을 맴돈다.

　"제 아이가 그런 일을 당하면 도끼를 들고 쫓아갈 거예요."

　나도 손자가 그런 끔찍한 일을 당한다면 도저히 견딜 수 없을 것 같다.

2015. 1. 14

이제 그만 보고 싶다

어느 채널을 틀어 봐도 마치 서로 짜고 편성하는 것만 같다. 연일 어린이집의 가혹 행위를 전하는 방송 일색이니 참 답답한 일이다. 지금 이 나라에서는 이 문제가 세상의 어떤 이슈보다도 가장 뜨거운 관심사가 되었다.

인천 말고도 전국 곳곳에서 유사한 사례들이 속속 드러나고 있다. 언제까지 이렇게 가슴을 졸이며 지켜봐야 할지 모르겠다. 도대체 왜 이런 현상이 생겨났을까? 맞벌이가 보편적인 사회현상으로 자리를 잡았고 엄마가 아이를 돌봐 줄 수 없는 형편을 틈타 보육 시설은 우후죽순 생겨났다.

더구나 이에 불을 붙인 것은 바로 선거였다. 지난 대통령 선거 때 어느 후보를 막론하고 유아들의 무상 보육 문제 해결을 공약으로 들고 나왔다. 선출직이란 표가 눈앞에서 왔다 갔다 하면 온갖 달콤한 유혹들을 서슴지 않고 쏟아낸다.

세상 무슨 일이든지 심도 있는 연구 검토 없이 졸속으로 시작한 일은 반드시 부작용이 따르게 마련이다. 어쩌면 이번 일은 충분히 예고된 인재라 할 수 있겠다. 우리 사회는 지금 그 후유증을 심하게 앓고 있는지도 모른다.

이런 일을 겪으면서 참으로 이상한 걸 하나 발견한다. 그토록 상대방을 미워하며 사사건건 못 잡아먹어서 안달을 벌이던 여야 정치인들이 모처럼 한목소리를 낸 것이다. 아무리 멍청한 정치인이라도 이런 일에서 딴전을 피운다면 국민의 정서가 용납하지 않을 것을 모를리는 없을 테니까.

대학을 나와도 취업 보장이 안 되니 결혼을 꿈꾸기 힘들고 어렵사리 결혼을 한다 해도 육아와 사교육비 부담 때문에 아이들을 갖기란 더욱 힘든 세상이다. 이래서 세계 최저의 출산율은 당연한 귀결로 다가왔다. 출산 문제를 해결하지 못하면 우리나라는 몇 백 년이 안 가서 지구상에서 사라지고 말 것이라는 살벌한 경고까지 나오는 지경이다.

그 잘난 정치인들과 잘난 전문가들은 다들 무얼 하고 있는가? 사회현상이라는 게 구성원 다수의 지혜를 모아도 변혁이나 해결이 쉽지 않은 일이기는 하지만 아무리 봐도 해결 기미를 보이지 않으니 답답하기만 하다.

시청률 경쟁을 벌이기라도 하는가? 방송들은 아이가 구타당하는 장면을 수백 번도 넘게 틀어 준다. 그 아픈 장면은 이제 그만 보고 싶다.

2015. 1. 20

내 몸 부서지는 한이 있더라도

    심한 어깨 통증으로 근 한 달도 넘게 시달리고 있다. 손자들을 안아 주면서 생긴 병이 만성이 되어서 그저 이러다 좀 나아지겠지 했는데 너무 오래 누적된 후유증 탓인지 요즘은 견디기 힘들만큼 도지고 말았다. 한의원에 다니며 침도 맞고 뜸도 떠 보고 사혈(瀉血)까지 해 보았지만 좀체 차도를 보이지 않는다. 병원에 가서 사진도 찍어 보았지만 뼈에 별 이상은 안 보인다는 소견뿐 특별한 처방이 없다.

    환자는 아프다는데 누구도 알아주지 않으니 답답하다. 전 같으면 그리 무겁지 않던 물건에도 이제는 버틸 힘이 없으니 매사가 위축당하는 것만 같다. 가만히 있어도 지속적으로 통증이 사라지지 않고 보름 넘게 진통제를 먹고 있지만 이마저 잘 듣지도 않는다. 그래서 요새는 헬스장에서 하는 운동도 팔운동은 생략한 채 다른 부위 위주의 근육운동만 하고 있다.

이런 할아비 사정에도 아랑곳하지 않고 작은 녀석은 늘 업어 달라고 매달린다. 어리광을 피울 때마다 등 뒤로 달려와 업히려고 하니 난처할 때가 많다. 어린이집에 갈 때도 할아비가 업어서 차에 태워 주어야 하고 잠들기 전에 잠투정을 할 때도 업어서 재워 달라고 한다. 심지어는 자다가도 잠이 깨면 하빠가 업어 줘야 한다고 울어대기 일쑤다. 보다 못한 할미가 대신 업어 주겠다고 해도 아이는 굳이 할아비가 아니면 업히지 않겠다고 떼를 쓴다. 한밤중에 울어대는 아이를 달래려면 별 수 없이 할아비가 업어 줄 수밖에 없다. 이럴 때는 어깨의 통증 따위를 생각할 겨를이 끼어들지 못한다.

지금 이렇게 부실해진 내 등에 업혀 자란 아이들이 누구인가? 이제는 같이 늙어가는 내 동생들, 아비 어미가 된 아들과 딸, 세상에서 가장 소중한 혈육인 내 손자들…

다들 너무나 애틋한 존재들이다. 내 눈에는 한없이 불쌍한 놈들이다. 세상에 나처럼 보잘 것 없는 사람을 철석같이 믿고 내 등에 의지해서 안온한 잠에 빠져들던 놈들이 사랑스럽고 짠해서 어느새 눈물이 맺히고 만다.

그래, 내 몸 부서지는 한이 있더라도 손자들의 마음을 달랠 수만 있다면 무엇인들 마다하랴?

2015. 1. 23

언니는 없네!

한 주일 내내 하빠 집에서만 지내던 아이들은 제 부모의 성화에 못 이겨 아파트로 돌아갔다. 아들 내외는 다음날 아이들을 유치원에 보낼 필요가 없는 금요일을 무척 기다린다. 그런데 밤 9시쯤 되자 작은 녀석이 하빠 집에 다시 데려다 달라고 보채는 바람에 되돌아오고 말았다. 그리고 할머니와 할아비 사이에서 늘어지게 잠을 잤다.

토요일 아침이다. 지인 딸의 결혼식에 가야 하는데 작은 녀석이 척 달라붙어 떨어지지 않는다. 애들은 가는 데가 아니라고 말려도 막무가내로 따라나서니 할 수 없이 데리고 나섰다.

기력이 현저하게 쇠약해지신 장모님은 추운 날씨 탓에 집 밖 나들이를 통 못하신다. 돌아오는 길에 처가에 들르기로 했다. 유수는 떵 할아버지를 만날 생각에 얼굴에 웃음이 그득하다.

처가의 거실 한쪽 벽에는 우리 휘수의 사진이 잔뜩 걸려 있다. 첫 아이라서 사진을 많이 찍어 놓은 덕에 막 태어났을 때부터 첫돌 무렵까지의 모습들이 한눈에 들어온다. 여러 컷을 한 장에 담아서 보기 좋게 코팅 처리 해 놓았다. 몇 년이 지나서 사진 색깔이 조금 바래기는 했지만 아직도 이 집을 찾는 사람들의 눈길을 사로잡는다. 이제는 휘수가 커서 일곱 살이 되었지만 사진을 볼 때마다 그 귀엽던 모습은 늘 새롭게 다가온다.

어느새 작은 녀석의 눈길도 그 사진에 머문다. 아이의 반응이 궁금해서 넌지시 떠본다.

"저 사진에 있는 애가 누구지?"

"유수잖아요?"

할아비가 손가락으로 가리키는 사진마다 모두 저라고 대답하니 터져 나오는 웃음을 참을 수가 없다.

"그럼, 언니는 어디 있나 찾아봐라?"

"언니는 없네!"

지금 아이는 제 언니를 저라고 착각하고 있다. 그 사진 속에 작은 아이는 하나도 없는데 아이의 눈에는 모두 자신의 모습으로만 보이는 것이다. 아이들의 사진을 볼 때마다 사진 찍은 날짜를 확인하지 않으면 다들 착각을 일으키곤 한다. 아이들은 그렇게 닮아도 너무 많이 닮았다.

삼십여 년 전 남매를 키우던 때가 생각난다. 그때도 아들과 딸은 참 많이 닮아서 사진을 볼 때마다 혼동에 빠지곤 했는데…

　수십 년 세월이 흐른 지금도 똑같은 현상이 어김없이 되풀이되다니 참 알다가도 모를 일이다. 핏줄의 힘이란 이런 것인가?

2015. 1. 24

하빠, 저렇게 해 봐!

"하빠, 저렇게 해 봐!"

네 살배기 유수가 할아비의 손을 잡아끌더니 가족사진틀이 놓인 서재로 데려간다. 거기에는 정년 퇴임식을 마치던 날 우리 부부와 아들 딸 내외 이렇게 여섯 식구가 함께 찍은 사진이 걸려 있다. 물론 그때는 손자들이 아직 태어나기 전이다.

그런데 지금 아이가 말하고자 하는 건 다름 아닌 할아비의 정장 차림에 대해서다. 더 정확히 말하면 넥타이를 맨 모습이 멋져 보였던지 저 사진 속처럼 넥타이를 매 보라는 주문을 하고 있는 것이다. 나는 평소에도 정장 차림을 아주 싫어한다. 집에서는 간편한 운동복 차림으로 사는 게 오래된 습관이다. 경조사 같은 어려운 자리에 나들이할 때 말고는 늘 이런 차림새로 살아간다. 어쩌다 손님이라도 찾아온다고 하면 얼른 바지 정도만 갈아입는 걸로 최소한의 예의를 대신한다.

× 하빠의 육아일기 ×

더구나 내가 가장 싫어하는 건 넥타이를 매는 것이다. 목을 죄는 것이 갑갑해서 행사가 끝나기 무섭게 얼른 넥타이를 풀어버리는 것도 늘 하는 버릇이다. 그래서 아이들 눈에도 어쩌다 한 번씩 양복 정장 차림을 한 할아비 모습이 색다르게 여겨지는지 그때마다 야릇한 웃음을 띠고 할아비를 바라본다. 아이들의 그런 눈빛을 보고 있노라면 얼마나 재미있는지 할아비는 터져 나오는 웃음을 감추지 못하겠다.

아니 벌써 요놈들이 이렇게 자랐단 말인가? 물론 아이들의 각별한 관심과 사랑에 기분이 좋은 건 당연하다. 요놈들이 커 가면서 얼마나 더 많이 할아비의 외모와 패션에 간섭하려 들지 즐거운 상상을 해 본다.

2015. 1. 26

담이의 잠꼬대

딸이 세종시로 이사한 지 넉 달이 지났는데 이번이 겨우 세 번째 방문이다. 두 손녀들은 전에 제 고모가 살던 아파트 쪽을 지날 때마다 고모랑 사촌들이 보고 싶다고 늘 성화였다. 부잡스러운 사내아이 두 녀석을 데리고 힘겹게 사는 딸이 안쓰러워 실은 진즉부터 딸을 찾아가고 싶었다. 더 자주 가 봐야 하는데 고작 한 시간 반 거리인데도 나들이를 하려면 큰맘을 먹어야 한다. 이제는 나이 탓인지 모처럼의 여행마저 생활 리듬을 심하게 흔들어 버려서 그걸 회복하는 게 그리 만만치도 않다.

고모네 집에 간다는 소식에 손녀들은 뛸 듯이 좋아했다. 휘수는 사촌오빠에게 준다며 하트 모양의 예쁜 색종이를 오리는가 하면 편지까지 준비했다. 아직은 서툰 글씨지만 사랑한다는 글로 도배를 하다시피해서 평소의 그리워하는 마음을 잔뜩 담고 있다.

또 유수는 제 집보다는 훨씬 다양하고 많은 오빠의 장난감을 만질 생각으로 잔뜩 기대에 부풀어 있다. 그리고 전에 보았던 그 많은 장난감들을 하나하나 더듬어 보고 있다. 자석이 붙은 세모 네모 모양의 장난감과, 수많은 자동차들, 조립식 로봇, 그리고 깔고 앉으면 방귀 소리가 나는 '토마스 의자'까지 다 기억하고 있다. 네 살짜리의 비상한 기억력이 놀랍기도 하지만 제 고모랑 사촌들을 생각하는 아이의 애틋한 마음이 더 가상하다.

마침 띵 할아버지(큰처남)가 동행해서 운전을 맡는 바람에 그나마 한결 편하기는 했다. 그래도 두 아이들과 함께 하는 여행이 그리 쉽지만은 않았다. 아이들이란 오가는 동안 쉴 새 없이 재잘거리고, 짜증 부리고, 안기고, 먹을 것을 찾고, 심지어는 쉬가 마렵다며 보채기도 했다. 끊임없이 눈치를 살피고 대꾸해 주고 수발을 들어 줘야 하니 내자와 나는 심신이 몹시 피로했다.

딸네 집에 도착하자 집문 앞에서부터 요란스러운 상봉 장면이 벌어진다. 겸이와 휘수는 한동안 끌어안고 놓을 줄을 몰랐다. 오랜만에 보지만 14개월짜리 담이도 전혀 낯가림을 하지 않고 외할머니와 외할아버지를 확실히 알아보며 달려든다. 유수는 곧장 오빠의 장난감이 있는 곳으로 달려간다. 넉 달 동안 보지 못했던 그것들을 늘 갖고 놀던 것처럼 익숙하게 다루기 시작한다. 처음부터 제 물건인 양 차지하고 앉아 장난감 만지기에 푹 빠져버렸다.

아이들은 모처럼 제 세상을 만난 것처럼 신나게 잘도 논다. 어른들은 아파트 아래층 사람들이 쫓아 올라올까 봐 안달하지만 아이들은 그런 건 전혀 아랑곳하지 않고 숨바꼭질하듯 마구 휘젓고 돌아다닌다.

이른 아침부터 서둘러 여행 용품을 챙기고 하루 종일 아이들을 지켜보느라 긴장했던 탓인지 딸네 집에 도착하자마자 한꺼번에 피로가 몰려온다. 아이들과 동행하는 여행에는 준비할 것도 참 많다. 옷가지며 기저귀, 세면도구와 이동 간의 간식거리, 간이 이부자리까지 이것저것 꼼꼼하게 챙기다 보면 어른 몫보다 더 복잡하다.

오늘은 마침 사위가 출장 중이라 집에 없다. 난방비도 아끼고 모처럼 온 식구들이 한방에 모여 자기로 했다. 옛날 어린 시절, 열도 넘는 식구들이 한방에 옹기종기 모여 지내던 그 겨울밤이 생각나 그때를 회상하면서.

우리 네 식구와 딸네 세 식구 이렇게 일곱 사람이 누웠다. 일찍 전깃불을 끄고 아이들을 재우기로 했는데 생각처럼 그런 안온한 잠은 허용되지 않았다. 한 녀석이 잠꼬대라도 하면 그걸 신호로 다른 아이들도 연쇄적으로 잠이 깨서 울어대는 통에 도대체 깊은 잠을 이룰 수가 없었다. 특히 담이란 놈은 밤마다 그렇게 제 어미를 괴롭힌다니 참 걱정이 이만저만이 아니다. 매일 그렇게 숙면을 취하지 못하고 힘들어 할 딸이 측은해서 마음이 무겁다. 누가 거들어 주는 사람 하나도 없이 혼자 두 아들을 감당하자니 얼마나 힘에 부칠까?

외손자들이 어서 자라 제 어미의 고통을 조금이라도 덜어 주게 되기를 바랄 뿐이다.

2015. 1. 30

2월

하빠랑 결혼할 거야

우리 하빠 육아 일기야!

엄마는 왜 어머니라고 불러요?

신문에 하빠랑 결혼해도 된다고 했어

하빠 집에서 안 나갈 거야!

코딱지를 먹는 아이는 싫어!

하빠랑 결혼할 거야

　할아비를 향한 유수의 사랑은 날이 갈수록 더 노골적이다. 하루라도 하빠 집으로 못 오면 울고불고 온갖 떼를 쓰는 통에 제 부모들이 도저히 못 견뎌 손을 들고 만다. 이젠 하빠 집을 벗어나지 않기 위한 별별 희한한 말들을 다 쏟아 놓는다. 아이의 하는 양이 하도 재미있어서 할미가 아이의 반응을 떠보느라 장난을 걸어 본다.

　"유수야, 너 밤이 되면 간다고 했잖아? 지금 깜깜한 밤이니까 어서 너희 집으로 가야지?"

　순발력이 뛰어난 아이가 창밖을 내다보는 척 하며 거침없이 대꾸를 한다.

　"더 깜깜해져야지?"

　할미의 의중을 훤히 꿰뚫고 있는 아이의 고단수 대응에 할미의 입만 아픈 꼴이 되고 말았다.

오늘도 언니는 제 어미를 따라 아파트로 돌아갔지만, 작은 녀석은 집으로 가자는 어미 말에 콧방귀도 안 뀌고 할아비 품으로만 달려들며 속삭인다.

"하빠 좋아!"

"쭈글쭈글한 하빠가 그렇게 좋아?"

"응, 나는 하빠가 제일 좋아! 나 하빠랑 결혼할 거야!"

나는 얼결에 네 살배기에게 청혼을 받고 말았다. 아이는 하빠랑 한 집에서 같이 자면 그게 결혼이라고 생각하는 것이리라. 늙은 할아비를 놓고 할미와 손녀 사이에 크게 입씨름이 벌어졌다.

"유수야, 하빠는 할머니 거야!"

"아니야, 하빠는 유수 거라고!"

2015. 2. 4

우리 하빠 육아일기야!

지난달에 '하빠의 육아일기 2'를 출간했다. 그런데 유수가 어린이
집에 가서 이 책 자랑을 했었나 보다. 그 바람에 어린이집에까지 소
문이 나고 말았다. 그래서 얼른 몇 권을 선물로 보냈더니 오늘 아이
의 생활기록부에는 이렇게 쓰여 있었다.

우리 유수가 곁에 두었던 책을 얼른 집어 들며, '이건 우리 하빠 육
아일기야!' 하며 자랑을 하네요. ㅎㅎ. 책을 들추며 사진이 나오자,
'하빠랑 물고기 밥 주는 거야.' 하며 상황 설명도 하고 책에 관심 없는
아이들까지 크게 부르며 '우리 하빠 얼굴 봐라?' 하며 자랑을 하더군
요. 사진 속에 있던 강아지 흑비 이름도 알려 주고요. ^^ 요즘 말하는
게 얼마나 예쁜지 자꾸 말 시켜 보는 재미가 있어요. 또 요 며칠은 '까
탈레나' 노래를 하도 귀엽게 불러서 몇 번이고 시켜 보았답니다. 아이

들 낮잠 자는 동안에 책을 읽어 보았습니다. 책 선물 감사합니다.

아이는 집에서도 할아비의 책을 자주 들여다본다. 글자를 모르니 책 속의 사진을 훑어보는 것으로 읽기를 대신한다. 아이는 이런 책을 가진 것이 자랑스러운지 집을 방문한 사람들을 붙들고 우리 하빠 책이라고 선전에 열을 올리기도 한다. 또 생각이 날 때마다 교육 방송의 기획 프로그램인 '조부모의 재발견' 동영상을 틀어 달라고 졸라댄다. 그 속의 제 모습을 들여다보며 표정이 얼마나 진지해지는지 결코 웃을 수만은 없게 만들기도 한다.

책과 동영상을 통해 아이들의 살아온 흔적을 남기게 된 것이 얼마나 다행스러운지 모르겠다. 나중에 커서도 어린 시절을 회상할 수 있는 좋은 추억거리를 만들어 주는 것도 양육자가 잊지 말아야 할 일이지 않을까 싶다.

2015. 2. 6

엄마는 왜 어머니라고 불러요?

말 잘하는 우리 유수 덕에 얼마나 즐거운지 몰라요. 오늘 할아버지가 병원에 가신다길래 왜 병원에 가시느냐고 물었더니 유수가,

'음… 일단 허리가 아프고…'

하더라구요. 하도 웃겨서 한참 웃은 뒤,

'그 다음은?'

하고 물었더니,

'몰라요.'

하더라구요.

'유수가 자꾸 업어 달라고 해서 허리가 아프신 거야.'

라고 했더니 그 얘기는 듣기 싫은지 한귀로 살짝 흘리며 자기가 하고 싶은 말만 하네요.

'할머니가 힘드셔서 유수가 빨래 도와줬어요.'

× 하빠의 육아일기 ×

오늘 어린이집 교사가 보내온 하루 생활 기록이다. 안 봐도 아이의 귀엽고 앙증맞은 모습이 눈앞에 훤히 그려진다.

아닌 게 아니라 요즘 아이의 입에서 터져 나오는 말마다 특종 어록(語錄)감이다. 아침에 어린이집 갈 시간이면 가기 싫어 미적거리는 날이 많다. 날씨도 쌀쌀하고 하빠와 떨어져 지내기도 싫고…

오늘도 빨리 나가자고 재촉을 했더니 아이는 그냥 지나가는 말처럼 쉽게 내뱉는다. 할아비는 소스라치게 놀라고 말았다.

"10분만 더 있다 가요…"

겨우 네 살 먹은 놈이 10분이라는 개념을 어떻게 알아서 그리 쉽게 지껄일 수 있단 말인가?

오늘은 퇴근길에 제 어미가 아이들을 아파트로 데려갔다. 밤이 되자 어미의 전화가 걸려왔다. 아파트에서 자는 날이면 이렇게 한 차례 이상 전화로 할미 할아비의 안부를 묻는 게 빠지지 않는 관례가 되었다. 이건 며느리의 전화라기보다 손녀들의 안부 전화다.

전화기 너머로 며느리가 시어머니를 부르는 호칭에 시비를 거는 놈이 하나 있다.

"엄마는 왜 할머니한테 어머니라고 불러요?"

저는 할머니라고 하는데 엄마는 왜 다르게 부르는지 네 살배기는 오래 전부터 그게 무척 궁금했던가 보다.

2015. 2. 9

신문에 하빠랑 결혼해도 된다고 했어

또 어김없이 설은 찾아왔다. 까치동 저고리와 고운 무늬가 박힌 한복 치마가 손녀들에게 참 잘 어울린다. 앙증맞고 귀여운 손녀들을 지긋이 바라본다. 곱게 자라 일곱 살과 네 살이 된 녀석들이 참으로 대견하다. 나이를 한 살 더 보탰지만 녀석들의 재롱이나 할아비를 대하는 마음은 여전하기만 하다. 세배하려고 들른 손님이라도 나타나면 혹시 그들에게 빼앗기기라도 할까 봐 그러는지 더욱 할아비 곁을 떠날 줄 모른다.

아이들은 제 부모를 따라 대전의 외가로 떠났다. 얼마 지나지 않자 마치 교대라도 하듯 딸 내외가 외손자들을 데리고 나타났다. 못 본 지 불과 한 달도 안 되었지만 눈에 삼삼한 녀석들을 기다리느라 창 앞에서 한참이나 서성거렸다. 이제 16개월째에 접어든 작은 외손자의 웃는 모습에 할미도 나도 푹 빠져 헤어날 수가 없다.

× 하빠의 육아일기 ×

밤이 되자 장난기가 발동한 할미가 유수를 찾는 전화를 걸었다. 실은 할미도 유수가 보고 싶어서 한 말인데 할미의 농담 한마디가 뜻밖에도 아이의 마음을 아프게 한 꼴이 되고 말았다.

"유수야, 지금 담이가 우리 집에 왔단다. 그런데 이제부터는 담이가 하빠 집에서 같이 살기로 했다."

그 소리에 전화기 속에서 대성통곡 소리가 울린다.

"나 지금 하빠 집에 갈 거야! 빨리 가자!"

아이는 제가 세상에서 제일 좋아하는 하빠를 사촌동생에게 빼앗기게 될까 봐 그렇게 울음을 터뜨린 것일 게다.

십여 분쯤 뒤에 다시 유수의 전화가 왔다. 하빠를 바꿔 달라더니 또 계속 울음을 멈추지 않는다.

"하빠, 보고 싶어…"

"유수야, 울지 마. 오늘은 외가에서 자고 내일 하빠 집으로 오너라."

아무리 달래도 아이는 울기만 한다.

날이 밝자 다시 어미의 전화가 왔다. 지난 밤 일로 모든 식구들 마음이 편치 못했을 걸 짐작하고 걱정하지 말라는 전화였다.

"아버님, 유수는 조금 울다가 그런대로 잘 잤어요. 그런데 유수가 한 말 좀 들어보실래요?

'나는 하빠랑 결혼할 거야.'

그래서 제가 말렸어요.

'하빠는 할머니랑 결혼해버려서 너랑은 결혼할 수가 없어.'

그랬더니 유수가 지지 않고 이렇게 대답했어요.

'신문에 보니까 하빠랑 결혼해도 된다고 했어.'

하는 거예요."

며칠 전 어느 신문에 내 기사가 나왔는데 거기에는 휘수 유수랑 할아비랑 같이 찍은 사진이 실려 있었다. 아이는 지금 그걸 결혼사진이라고 생각하는 것인지도 모른다. 세상에, 요 녀석의 마음을 어떻게 달래 주어야 하지?

2015. 2. 19

하빠 집에서 안 나갈 거야!

닷새나 되는 긴 설 연휴가 끝나고 날씨도 한결 포근해졌다. 머잖아 남녘에서는 화신(花信)이 날아들 것만 같은 날이다. 내 기억 속에 아홉 살이던 그날은 분명히 2월 4일이었다. 학교 운동장에서 노랑나비가 날아다니는 걸 보았다. 그날 이후 나는 2월만 되면 나비부터 찾는 버릇이 생겨났다.

푹 쉰 여운 탓인지 아이들은 유치원 가기를 한사코 거부하며 할아비와 같이 놀자고 보챈다. 온갖 달콤한 말로 달래 보지만 특히 작은 녀석에게는 어떤 말도 씨가 먹히지 않는다. 우는 놈을 겨우 차에 태워 보내고 나니 하루 내내 아이 생각에 마음은 바늘방석에 앉은 것 같다. 가슴을 졸인 끝에 저녁 무렵 아이는 어김없이 또 할아비를 찾아왔다. 아이는 집에 들어서자마자 참았던 말을 토해냈다. 아마도 아이는 하루 종일 서운한 마음을 담고 지냈던 모양이다.

"나 하빠 집에서 안 나갈 거야!"

명절 차례를 치르느라 생긴 감기 몸살로 내자는 몸져눕고 말았다. 이제는 아이들 돌보기가 너무 벅차다고 한숨을 내쉰다. 아픈 부모에게 아이를 맡기기가 미안한 아들은 아이에게 아파트로 가자고 윽박지른다. 어떡하든지 부모의 부담을 덜어 주고 싶어 매를 들고 다그쳐 보기까지 하지만 아이는 요지부동이다. 할아비도 진퇴양난이다. 할미의 건강도 걱정이고 할아비와 같이 있고 싶어 하는 아이도 안쓰럽다. 이럴 때 할아비가 나서서 제 편을 들어 주어야 하는데 아비에게 야단맞고 끌려가는 녀석을 그냥 두고 볼 수밖에 없었다.

아이들이 떠나자 할미는 자신이 큰 잘못이라도 저지른 것처럼 무거운 마음으로 자리에 눕는다. 할미는 늘 손녀들 생각을 놓지 못하지만 이제는 아이들 돌보기가 너무 힘들다고 토로한다. 어두운 밤공기를 찢으며 울고 떠나던 아이의 목소리가 지금도 귀에 남아서 할미도 나도 입을 닫아버렸다.

지금쯤 아이는 제 아비에게 또 야단맞고 울고 있지나 않을까? 아이는 얼마나 속이 상할까? 무엇보다도 제 편이 되어줄 줄 알았던 할아비가 모른 척한 것에 배신감을 느끼지나 않았을까?

밤 10시쯤 되자 누워서 뒤척이던 할미가 도저히 그냥은 못 자겠는지 아들네 집에 전화를 걸었다. 아이가 걱정돼서 가만히 동정을 물어본다. 다행히 지금은 울음을 그쳤다고 중얼거린다.

2015. 2. 23

코딱지를 먹는 아이는 싫어!

　오늘은 유수가 2년 가까이 다니던 '엄마사랑 어린이집'에서의 마지막 날이다. 다음 주부터는 규모도 훨씬 크고 집과 가까우며 제 언니가 다니는 '해뜰 유치원'으로 옮기기로 했기 때문이다. 첫 돌 무렵부터 다녔으니 참 정이 많이 들었던 곳이다. 그 어린 것을 어린이집에 처음 데려갔던 날의 아픈 기억이 오롯이 되살아난다. 젖먹이나 다름없었던 영아를 어린이집에 맡기고 나는 날마다 가슴을 졸이며 지켜보았다. 그나마 위안이 된 것은, 비록 아파트 1층에 꾸민 소규모의 어린이집이지만 원장이나 교사들의 애정과 배려가 남다른 참 따뜻한 분위기였다는 점이다.

　아침 일찍 일어나 아이의 책가방을 열었다. 일기장을 꺼내 담임교사에게 짧은 편지를 썼다.

그동안 우리 유수를 따뜻하게 보살펴 주셔서 참 고맙습니다. 우리 가족 모두는 원장님과 선생님의 고마운 은혜를 두고두고 간직하겠습니다. 며칠 전 신문에 실린 우리 유수 사진을 보내드리니 아이와의 추억으로 생각해 주셨으면 합니다. 그리고 요즘 선생님의 안색이 안 좋아 보여서 염려가 되는군요. 늘 건강에 유의하시고 행복하시기를 기원합니다. -유수 할아비 드림

겨우 네 살배기가 오늘의 의미를 알 리야 있으랴마는. 아이는 오늘도 어린이집에 가지 않겠다고 버틴다. 정든 선생님과 친구들과 헤어져야 하는 날이라고 아무리 설명을 해도 알아듣기를 기대하기에는 무리인 것 같다.

하도 버티는 바람에 어린이집 버스가 오는 시간에 맞출 수가 없어 따로 데려다주어야 했다. 반 강제로 차에 태운 뒤에도 아이가 딴 생각을 못하게 하느라 자꾸 엉뚱한 말을 걸어서 시선을 돌리려 했다. 얼결에 할아비의 말장난에 놀아나던 아이가 차창 밖을 내다보더니 눈치를 채고 말았다. 어린이집이 가까워진 걸 알고 또 불만을 쏟아낸다.

"어, 어린이집이잖아? 나 안 갈 거야!"

"선생님이랑 친구들이 너를 얼마나 기다리는데?"

그러자 아이가 얼른 말꼬리를 돌린다.

"하빠, 그런데요. 어저께 친구가 내 옆에서 자려고 했어요. 그래서 싫었어요."

"어떤 친구가 그랬어?"

"'지아'라는 아인데 저는 그 애가 싫어요."

"친구를 싫어하면 안 되는데 왜 그랬을까?"

"그 애는 코딱지를 파서 먹거든요. 아이 싫어!"

아이는 그 장면이 떠오르는지 진저리 치는 시늉을 하며 싫은 내색을 한다. 아이와 입씨름을 하다 보니 어느덧 어린이집에 도착했다. 인정 많은 할미는 얼른 가게로 달려가 유수 친구들의 간식거리를 사왔다. 2년 가까이 정든 곳, 우리 손녀를 끔찍이 아껴 준 어린이집 사람들에 대한 고마움을 생각해서 이렇게라도 하지 않으면 마음이 편치 못할 것 같다고 했다.

2015. 2. 27

3월

유수가 다시 찾아올 거예요
입학 첫날
안 돼, 저기 가!
외갓집 가는 길
제 방이 필요해요
봄날의 초대
간호사도 착각한 아이의 나이

유수가 다시 찾아올 거예요

어제는 '해뜰 유치원'에서 입학을 앞둔 사전 설명회가 있었다. 큰아이는 평소 바라던 대로 '희망반'으로 올라가고 작은아이는 어린이집의 '사랑1반'에 배정되었다. 아이와 함께 유치원에 다녀온 아이들 부모 말에 따르면, 유치원 교사들이 유수를 보자마자 무척 낯익은 얼굴이라며 반겼다고 한다. 아마 제 언니인 휘수를 쏙 빼닮은 탓이리라.

이제 내일부터는 제 언니 손을 잡고 자매가 같은 버스를 타고 등 하원을 하게 되겠지. 집에서는 드센 동생이 언니를 휘어잡고 지내지만 유치원에서는 언니가 동생을 잘 보살피고 지켜 주겠지.

'엄마사랑 어린이집'에서의 마지막 일기장을 꺼내 본다. 아이와 헤어지는 걸 못내 서운해하는 담임교사의 애틋한 마음이 절절하다.

우리 유수와 오늘이 마지막이라니 많이 아쉽고 서운한 마음입니다. 항상 곁에서 재잘거리던 귀염둥이 유수가 많이 보고 싶을 거예요. '어린이집에서는 선생님이 엄마지요?' 하며 살갑게 다가오던 유수는 어딜 가나 항상 사랑받을 거예요. 처음 할아버지 할머니 손을 잡고 왔던 게 엊그제 같은데 벌써 이만큼 자라 더 큰 물로 나가는 아이가 기특하기도 하구요. 항상 믿고 맡겨 주셨던 부모님과 조부모님께도 감사드립니다. 늘 건강하고 행복하세요.

가지고 싶어 하는 공룡 퍼즐을 엄마가 안 사 준다고 했던 게 생각나 혹시나 하는 마음에 선물했더니 유수가 마음에 든다고 해서 다행이에요.

마지막으로 아이를 데리러 간 날 원장과 교사는 아이와 헤어지는 서운함을 이렇게 말했었다.

"유수가 없는 '엄마사랑 어린이집'은 너무 허전해질 거예요."

"유수야, 선생님이 유수 보고 싶은데 어떻게 하지?"

"유수가 다시 찾아올 거예요."

제법 씩씩한 말투로 선생님을 위로해 주기도 했다. 원장 선생님은 동화책을 네 권이나 선물했고, 담임 선생님은 공룡 퍼즐을 네 개나 선물했다. 우리 유수가 어린이집에서 이렇게 인기가 대단한 아이였음을 실감한다.

2015. 3. 1

입학 첫날

오늘은 유수가 해뜰 유치원에 입학한 첫날이다. 노란 버스에 오르자마자 언니는 버스에 탄 친구들에게 제 동생부터 소개하는 걸 잊지 않았다. '이 애가 내 동생이니까 너희들 알아서 잘 돌봐 줘.' 하는 마음이었을 게다.

새 학기가 시작되는 날이라서 유치원에 챙겨 가야 할 물건이 참 많다. 세면도구며 화장지에다 이부자리까지… 앞으로 유치원에서 사용해야 할 사물인 셈이다. 그런데 아이들이 가져가기에는 너무 무거워서 따로 가져다주었다.

입학식에서 아이의 부모들은 아이들의 이름이 선명하게 새겨진 스티커를 정성껏 붙여 주었다.

나는 유치원에 들른 김에 담임교사를 만나 아이의 동정을 살펴보기로 했다. 큰놈이야 3년 동안이나 다니던 곳이니 적응에 별로 어려움이 없겠지만 아무래도 작은 녀석이 걱정되어 조심스레 물어보았다.

담임교사의 한껏 밝은 얼굴에 적이 안도했다.

"아이가 의사표현을 아주 잘하더군요. 밥도 잘 먹었고요. 몇 가지 가리는 음식이 있기에 왜 그러냐고 물었더니, '김치는 매워서 싫고 오이는 맛이 없어서 싫다.'고 했어요. 대소변도 잘 가리고 화장실에도 혼자 다녀오더군요. 퍼즐 놀이나 블록 쌓기도 아주 잘하네요. 씩씩해서 친구들과도 잘 어울리고 제가 별로 신경 쓸 일이 없을 정도예요. 이런 아이는 그리 흔치 않거든요. 그런데 제가 언니와 자꾸 착각을 해서 '휘수야?' 하고 부르면 이상한 눈으로 쳐다보기도 했답니다."

아이는 첫날부터 단연 화제의 인물로 떠올랐다. 휘수도 선생님의 조교 노릇을 톡톡히 하던 아이였는데 손녀바보 할아비의 생각에는 이 아이가 제 언니를 훌쩍 능가할 것 같은 예감이 든다.

2015. 3. 2

안 돼, 저리 가!

　요즘 우리 집에서 가장 주목을 받는 대상은 단연 유수다. 새 유치원으로 옮긴 지 오늘로 꼭 열흘이 지났는데 그동안 아이의 행보를 보면 도대체 그 심사를 종잡을 수 없을 만큼 감정의 기복이 심했다. 어떤 날은 아주 기분 좋게 손을 흔들며 유치원에 잘 가다가도 때로는 버스 앞에서 털썩 주저앉는 바람에 인솔 교사나 할아비를 난처하게 만들기도 한다.

　나무도 옮겨 심으면 새로운 토양이 낯설어 심한 몸살을 앓지 않던가? 하물며 사람 특히, 어린 아이들이 낯선 환경에 그리 쉽게 적응하리라 기대하는 건 아무래도 무리일 게다. 전에 다니던 데서는 꼬박꼬박 낮잠을 잘 자서 피로가 덜했는데 새로 옮긴 곳에서는 사람도 낯설고 분위기도 산만해서 그런지 통 낮잠을 자지 못하고 힘겨워한다고 한다. 전에 제 언니가 억지로 재우는 낮잠 때문에 한동안 힘들어한

적이 있었는데 똑같은 트라우마를 동생도 반복하게 될 줄이야?

아이는 집에만 돌아오면 어린이집에서 억눌렸던 스트레스를 대신 발산하려는 듯 심하게 보채는 바람에 식구들을 불안에 떨게 만든다. 우유 말고 다른 음식은 거의 입에 대지도 않겠다며 버티고 텔레비전도 제가 보고 싶은 프로그램만 보려 하니 언니는 늘 밀리는 신세다. 옷도 제가 입고 싶은 보드라운 재질의 옷이 아니면 어떤 것도 입으려 하지 않는다. 이불도 제 맘에 드는 것이 아니면 덮지 않고, 잠을 잘 때도 저 말고는 누구도 할아비 곁에 접근하지 못하게 철저히 차단한다. 할미나 제 언니가 할아비 근처에 다가가기만 해도 화를 버럭 내며 달려든다.

"하빠 짝은 유수니까 할머니나 언니는 안 돼! 저리 가!"

자신의 삼십칠 년 짝마저 손녀에게 빼앗긴 할미는 "아이가 너무 무섭고 어이가 없다."며 혀를 내두른다. 마음 여린 언니는 할아버지를 독차지하는 동생이 밉고 서운해서 울상이 되곤 한다. 무소불위, 막무가내, 말괄량이, 왈가닥, 도대체 요놈이 무엇이 되려고 이러는지 원…

2015. 3. 12

외갓집 가는 길

    딸이 손가락의 상처가 심해 수술을 하게 되었는데 손 치료를 잘 하는 병원을 찾다 보니 전주로 내려오게 되었다. 비교적 간단한 수술이기는 하지만 물을 자주 만지는 주부들은 재발할 위험이 있어 수술 후 일주일 이상 입원을 해야 한단다. 무엇보다도 입원 기간 젖먹이와 떨어져 지내게 될 일이 이만저만한 걱정거리가 아니다. 평소에도 제 어미와 잠시도 떨어지지 않으려는 16개월짜리 둘째 외손자를 어떻게 달래야 할지 본가 외가 할 것 없이 초비상 사태에 돌입했다.

    입원 첫날은 딸의 시댁에서 아이들을 돌봤지만 다음날부터는 우리 집에서 맡기로 했다. 병원도 가까울뿐더러 아무래도 딸이 시댁보다는 친정을 더 편하게 여길 것이다. 예측한 대로 밤낮으로 어미를 찾으며 울어대는 녀석을 지켜보는 게 차마 못할 짓이었다. 한숨도 못 자고 꼬박 날을 지새우는 바람에 내자와 나는 단 하루 만에 초주검이 되고 말았다.

　이틀 동안이나 아이와 떨어져 지내는 어미 마음은 또 오죽했을까? 불어 터지는 젖을 짜내면서 젖먹이 아들 얼굴이 눈에 삼삼했을 어미의 마음은 찢어지게 아팠을 것이다. 사흘째 되는 날 도저히 더는 못 참겠는지 딸이 통원 치료를 하겠다며 조기 퇴원을 자청했다. 그리고 이틀 동안 친정에서 더 머무르다 제 집으로 돌아갔다.

　살다 보면 이런 일들은 얼마든지 각오해야 할 것이다. 어려울 때 같이 아파하고 같이 나서 주는 게 가족이 아닌가?

　이런 형편에도 어른들의 염려에는 아랑곳하지 않고 마냥 신이 난 녀석들도 있다. 외손자들이 찾아오니 철모르는 친손녀들은 사촌들을 만난 기쁨에 그저 싱글벙글한다.

　아이들이란 혼자 있을 때는 없는 듯이 조용하지만 둘이 되면 몇 배나 부잡스러워지게 마련인데, 더구나 넷이나 모였다. 한창 노는 재미에 푹 빠져 목소리는 몇 옥타브씩 더 높아지고 몸놀림은 점점 활기가 넘친다. 외손자들이 머무는 며칠 동안 우리 집은 그야말로 난장판이 되고 말았다. 네 녀석들의 질펀한 놀이터로 변해버린 것이다.

　밤이 되자 큰 외손자 겸이가 내 곁으로 가만히 다가오더니 외할아비 팔 베게에 잠이 들었다. 아마도 녀석은 평소에 할아비 품에서 떨어지지 않는 제 외사촌들이 몹시 부러워 보였던 모양이다. 자는 모습을 가만히 들여다본다. 친가를 많이 닮았지만 외가를 닮은 구석도 어렵지 않게 찾아낼 수 있다. 이빨을 가는 버릇이 있어 조금 걱정스럽기는 하지만 이마저도 귀엽고 사랑스럽다.

외손자들이 돌아가고 난 집안은 큰 물난리가 휩쓸고 간 뒤끝처럼 그 후유증이 만만치 않다. 아직도 온 집안을 헤집고 뛰어다니던 아이들의 왁자지껄한 소리가 귀에 쟁쟁하다. 잔뜩 어질러진 장난감 등속을 쉬이 치울 엄두가 안 나 한참을 넋 놓고 바라만 본다.

그래도 찾아올 외가가 있으니 얼마나 다행인가? 이마저도 하지 못하고 사는 사람들이 많은 세상이니 이만하면 무방한 일이지 않겠는가? 그래, 내 외손자들이 장성하더라도 어린 시절 외가에서 지낸 추억거리 몇쯤은 가져야 하지 않겠는가?

기억 저편에 누워 있던 아련한 추억 하나가 부스스 몸집을 일으켜 세운다. 외가는 우리 집과 40여 리쯤 떨어져 있었다. '한센인'들의 고향인 소록도로 가는 길목에 자리 잡은 도양읍 관리라는 곳이다. 큰길에서 동네를 바라보면 수백 년 묵은 거목 몇 그루가 정겹게 마을 입구를 지키는 전형적인 시골 마을이다. 지금이야 도로가 포장되었고 차로 달려서 20여 분이면 닿을 만한 곳이지만 교통편이 마땅찮았던 당시로서는 큰맘을 먹어야 겨우 한 번쯤 찾아갈 수 있는 머나먼 거리였다.

모처럼 외가를 찾아가던 날의 풍경이다. 아마 그날도 지금처럼 철 이른 봄이었던가? 땀을 식히느라 잠시 걸음을 멈춘 어느 고갯길이었다. 무더기를 이룬 동백나무가 화사한 얼굴로 맞아 주었다. 어느 착한 이가 이곳에 식목을 할 생각을 했을까? 지친 나그네를 위한 따뜻한 배려가 참으로 가상하다. 선홍이거나 다홍색이 신비롭기까지 한

동백꽃은 발바닥 아픈 자갈길 여행에서 적잖은 위안이 되기도 했다.

　아마 내 나이 열 살도 되기 전이었던가? 어머니는 아들은 걸리고 서너 살쯤인 딸은 자신의 등에 업으셨다. 하루에 서너 차례뿐인 버스 시간에 맞추기에는 어머니의 조바심이 기다려 주지 못하셨을까? 아니 그보다는 차비를 아끼느라 그렇게 걸어서 가야 했을 것이다.
　어머니의 친정 가는 길은 먼지 풀풀 날리고 자갈 깔린 신작로였다. 어머니도 나도 미끄러운 고무신을 신고 터벅터벅 걸어갔던 외갓집 가는 길이 너무도 선명하게 뇌리에 떠오른다.
　가끔씩 지나가는 차들이 일으키는 뽀얀 흙먼지를 뒤집어쓰고도 불평 한마디 나오지 않던 순박한 시절이었다. 어쩌다 한 번씩 마주치는 구멍가게는 으레 그냥 지나치기 일쑤였고 목이 말라도 물 한 모금 마실 여유조차 없는 팍팍한 여정이었다. 어린 자식들에게 과자 한 봉지도 안겨 주지 못하는 안타까운 어머니는 아마도 친정으로 가는 발길을 더욱 재촉하셨는지도 모른다.
　어린 아들이 지치고 지루해할 무렵 어머니는 나지막하게 노래를 부르거나 옛날이야기를 들려주셨다. 어머니는 여행의 피로를 싹 가시게 하는 특별한 재주를 가진 분이었다. 아들은 늘 들어도 결코 물리지 않는 옛날이야기에 취해 마치 꿈길을 걷는 착각에 빠지기도 했다. 일본 동화인 '모모타로' 이야기나 집안이 가난해서 학교에도 못 다니고 나무장사를 했지만 늘 책을 놓지 않아서 나중에 크게 성공했다는 사람의 이야기 등 지금 생각해 보면 참 진부한 내용이지만 그때 어린

나는 그 이야기를 들으면서 꿈을 키워 가기도 했다.

　이날 어머니의 머리 위에는 친정에 가져가는 작은 이바지 보따리가
얹혀 있었다. 이고 업고 가야 하는 그 먼 길이 얼마나 힘드셨을까?
아침에 나선 길은 점심때가 한참 지나서야 겨우 끝난다. 육신을 짓누
르는 고통에다 한시바삐 친정 부모님을 만날 생각에 그 마음은 얼마
나 조바심이 드셨을까?
　그때 나는 어머니의 그런 아픔을 알아차리기에는 너무 어린 나이
였다. 할아비만 보면 업어 달라고 보채는 둘째 손녀를 업으며 그날
의 어머니가 다시 그리워진다. 아이를 업고 2, 30분만 지나도 허리
와 어깨로 밀려드는 고통이 견디기 힘든데 그날 어머니는 아이를 업
고 머리에는 짐을 이고 네댓 시간도 넘는 먼 길을 걸으셨다.
　비린 것이라곤 냄새도 못 맡는 허약한 비위를 타고 나셨으니 어머
니의 건강 상태는 좋을 리가 만무했다. 그런 가녀린 여인네의 몸으로
여섯 남매를 낳고 키우셨으니 생각만 해도 가슴이 멘다. 더구나 그중
첫째 아들은 세 살을 못 넘기고 저 세상으로 보냈으니 아마도 그분
평생의 한으로 남았을 것이다.
　가부장적이고 전통적 사고로 무장한 완고한 시아버지 봉양과 올망
졸망한 5남매를 건사하고 농사와 집안일에 시달리느라 어머니에게는
잠시의 휴식도 허용되지 않았다. 고된 노동 못지않게 늘 마음고생에
시달리셨던 어머니의 희생이 더욱 애달팠다.
　기약하기 힘든 미래와 끝 모를 가난을 여린 여인네 혼자 온몸으로 감

당하느라 버거우셨을 우리 어머니. 오늘따라 어머니가 더욱 그리워진다. 어머니와 함께 걷던 그 신작로 길을 생각하니 눈앞이 흐려진다.

삶 자체가 온통 모진 고난의 연속이었고, 그 삶의 무게에 짓눌려 안타깝게도 50대에 세상을 떠나신 어머니였다.

운명하시기 며칠 전 어머니와 아들은 마지막 대화를 나누었다.

"그 서러운 세월을 어떻게 견디셨어요?"

"참 힘은 들었지. 그래도 자식들만 바라보면 다 참아낼 수 있었단다."

어머니는 늘 그 대답을 준비하셨던 것처럼 바로 반응을 보이셨다. 이승에서 나의 소명이 끝나고 다시 뵙거든 어머니께 못 다한 위로와 효도를 그때는 꼭 해드리리라.

봄이 일찍 찾아오는 따뜻한 남녘, 고향에도 지금쯤 외갓집 가던 그 옛날처럼 화사한 동백꽃이 손짓하고 있겠지. 남도의 따사로운 인심처럼 청초한 봄꽃들이 다정하게 맞아 주겠지. 외가가 가까워지는 잉기미[1] 벚꽃터널 길을 어머니를 모시고 다시 한 번만 걸을 수 있다면… 이룰 수 없는 꿈에 안타까운 속앓이를 한다.

---

1) 원래는 고흥군 도양읍 학동 부근을 이르는 토속적인 지명이다. 지금은 행정구역 개편으로 도덕면이 되었는데, 이곳에는 편도1차로의 좁은 길 양편으로 벚나무 고목이 터널을 이루어 장관을 연출했다. 꽃이 피면 화사한 꽃 터널이 되고 녹음이 우거지면 낮에도 어둑어둑한 동굴 속을 지나는 것처럼 환상적인 운치가 서린 길이 있었다. 지금은 도로 확장으로 사라져 버린 추억 어린 풍경이다.

늘 그윽한 눈길로 맞아 주시던 외할아버지와, 나만 보면 늘 눈물이 그렁그렁해지시던 외할머니와, 수줍은 천사 같던 선한 막내 이모의 그 애틋한 사랑이 그립다. 이승에서는 다시 찾을 수 없는 그분들에게 작은 보답도 하지 못한 세월이 깊은 회한으로 남는다.

사랑하고 또 사랑하는 딸아, 부디 잘 살아야 한다! 사랑스러운 외손자들아, 씩씩하게 잘 자라야 한다!

2015. 3. 14

제방이 필요해요

아이들의 변화는 하루하루가 다름을 실감한다. 아이들은 유치원과 집을 오가면서 사람들이 지껄이는 온갖 말들을 그냥 지나쳐 듣는 법이 없다. 옳고 그름을 떠나 무엇이든지 따라해 보고 싶고 아는 척해 보고 싶은가 보다. 기억력이 왕성한 시기이니 뭘 잘 잊어버리지도 않는다. 좋은 것만 보고 들어야 할 텐데 워낙 많은 정보가 쏟아지는 세상이다 보니 혹시 오염이라도 되지 않을까 걱정스럽기도 하다.

얼마 전에는 참으로 충격적인 말을 들었다. 유치원에 다녀온 큰아이가 잔뜩 우울한 얼굴로 제 친구가 한 말을 전해 주었다.

"너는 ○○아파트에 살지? 거기는 작은 아파트잖아?"

제 친구가 저를 무시하는 투로 이렇게 말했다며 몹시 언짢아하는 게 아닌가? 그 일이 있고난 뒤로 아이는 더욱 더 아파트 가기를 꺼려하는 것 같았다.

이 말을 전해 들은 내자도 속이 많이 상했는지 기어이 불편한 속내를 드러내고 말았다.

"큰애가 초등학교 들어가기 전에 조금 더 큰 아파트로 옮겨 주어야겠어요."

유치원생들이 뭘 안다고 그런 말을 지껄였을까? 다 어른들이 지각 없이 던진 말이 철없는 어린애들까지 오염시킨 탓이지. 그냥 두어서는 안 되겠기에 그 아이의 부모에게 주의를 촉구했더니 며칠 뒤 정중히 사과한다는 뜻을 전해 왔다.

언제부터인지 우리 사회는 재력을 기준으로 신분을 구분 지으려는 못된 풍조가 만연하고 있다. 얼마짜리 아파트에 살고 어떤 자동차를 타는가에 따라 사람을 차별대우 하는 세상이라는 게 말이나 되는가? 참으로 야만적이고 천박한 발상이 아닌가? 이런 기막힌 세태에 내 손자가 마음 아파한다면 참을 수 없는 모욕이다.

요령 없는 할아비로서는 이 정도밖에 더는 할 말이 없었다.

"휘수야, 우리는 집이 두 채나 있단다. 2층짜리 이 집도 있고 아파트도 있잖니? 그러니 다른 아이들보다 우리가 더 부자야. 이 집은 할아버지 집도 되지만 네 집이고 동생 집도 된단다. 그러니까 절대 기죽지 말고 씩씩하게 살아야 한다. 알았지?"

부자 축에 끼지 못하는 할아비가 손녀에게 허세를 좀 부려 보았다. 아이가 할아비 말을 제대로 수긍할지도 모르겠다.

얼마 후 아이는 뜬금없이 한 가지 통첩을 했다.

"하빠, 이제부터 제 방이 필요해요. 일곱 살부터는 제 방이 따로 있어야 해요."

"그래, 그러면 어떤 방을 쓰고 싶으냐?"

"지금 하빠가 쓰시는 서재를 제 방으로 쓰고 싶어요."

"그럼, 하빠는 어떻게 하라고?"

"다른 방을 쓰시면 되잖아요?"

아, 아이의 이런 생각은 아마 하루 이틀에 이루어진 것만은 아닐 게다. 일곱 살이라는 나이가 바로 이런 것이로구나. 이 말을 들은 할미는 할아비가 방을 비워 주어야 한다는 걸 기정사실화해버렸다. 여자애니까 안방에 붙어 있는 서재가 아이 방으로는 가장 안전한 곳이라는 유권해석까지 보탰다. 한술 더 떠서 손녀 방을 예쁜 분홍색 벽지로 꾸며 주어야 한다며 들떠서 한참을 앞서가고 있다. 이 집에서 할아비가 가장 소중하게 여기는 공간인 서재는 이제 꼼짝없이 손녀에게 내주게 생겼다.

2015. 3. 22

봄날의 초대

　따사로운 봄날 오후다. 갑자기 우리 집 마당이 와자지껄하다. 웬일인지 궁금해서 창문을 열고 내다보니 휘수가 같은 반 친구를 데려왔나 보다. 자세히 보니 아이들이 둘에다 그 아이의 엄마까지 동행했다. 아이들이 가장 먼저 달려간 곳은 연못이다. 아이들은 물고기 밥을 주느라 떠들썩하다.

　마치 문화해설사라도 된 양 휘수가 친구들 앞에 서서 마당 구석구석을 설명한다. 듣는 아이들의 진지한 반응에 신이 나는지 목소리의 톤이 점점 높아지고 있다.

　"우리 집 연못에는 100마리도 넘는 물고기들이 있어. 그러니까 우리 집에는 식구가 100도 넘는다. 이건 그네고, 이건 우리 할아버지가 나쁜 풀을 뽑을 때 앉아서 일하는 움직이는 의자야. 또 이건 밤에 불이 켜지는 태양광 전등이야… 여기 좀 봐. 이건 내가 제일 좋아하는 동백꽃이야. 이 분홍색 꽃 얼마나 예뻐? 아, 저기 연못가에 많이 모여 있는 건 수선화야. 두 밤만 자면 내 동생 생일인데 아직 꽃이 안 피었네!"

아이들은 보는 것마다 신기한지 입을 다물지 못하고 신이 난 휘수의 얼굴에도 웃음이 떠나지 않는다. 마당 구경을 마쳤는지 이번에는 집안으로 몰려왔다. 역시 들뜬 목소리로 휘수의 안내가 이어진다.

"여기는 할아버지 할머니 방이야. 이게 내 침대다. 예쁘지? 이건 나랑 내 동생이 같이 쓰는 책상이야."

오늘 우리 집에 처음 왔지만 아이들은 전혀 스스럼없이 신이 나서 안방의 침대에 올라가 트램펄린 놀이하듯 마구 뛰기도 했다.

이번에는 우르르 2층으로 몰려간다. 아이들이란 대개 계단을 오르내리는 걸 참 좋아한다. 아마도 2층 이 방 저 방과 옥상을 다 둘러보는 모양이다. 큰 아이들 틈에서 네 살배기 유수도 덩달아 신이 나서 따라다닌다.

이번에는 아이들을 할아비의 서재로 안내한다.

"얘들아, 여기 책 많지? 이건 우리 할아버지 건데 나중에 다 나한테 준다고 하셨어. 그리고 여덟 살이 되면 이 방은 내가 쓸 거야."

며칠 전에는 분명히 일곱 살이 되었으니 제 방이 있어야 한다고 말했었다. 그러더니 오늘은 할아버지 방을 빼앗는 게 미안해서 그런지 여덟 살이 되면 이 방을 쓰겠다고 슬쩍 1년간을 미루어 주었다. 집안 구석구석을 살펴본 아이들의 입에서는 한결같이 탄성이 터져 나왔다. 자연 친화적인 환경을 알아보는 건 아이들이라고 해서 크게 다르지 않은 것 같다. 한 아이가 노골적으로 떠들었다.

"집이 참 좋다! 휘수가 부러워!"

평소에 휘수는 제 친구들에게 집 자랑을 많이 했던 모양이다. 우리 집에는 마당도 넓고, 그네도 있고, 연못에 물고기도 많고, 예쁜 꽃과 나무들이 좋다고 늘어놓았을 것이다. 그런데 아이들이 놀러오고 싶어도 유치원이 끝나자마자 버스 타고 집으로 돌아가는 바람에 한 번도 찾아오지는 못했었다. 그러다 벼르고 벼르던 친구 '소현이'가 주말을 맞아 제 엄마를 졸랐다고 한다.

효과는 기대 이상이었다. 아이들이 얼마나 좋아하는지 돌아갈 시간이 되어도 발길이 떨어지지 않는 눈치였다. 한 아이는 이 집에서 휘수랑 같이 살고 싶다는 말도 빠뜨리지 않았다.

휘수는 꽃이 많이 피면 다시 놀러오라는 말로 아이들을 달래 주었다. 아이들은 휘수네 집에서 본 느낌을 틀림없이 다른 친구들에게도 전할 것이다. 아마도 우리 집은 올봄 내내 아이들 손님으로 북적이게 될지도 모른다. 아무리 많은 손님들이 몰려와도 나는 즐거운 마음으로 맞이할 생각이다. 내 손녀들이 좋아하는 일이라면 나도 얼마든지 기분 좋게 감당할 것이다.

2015. 3. 28

간호사도 착각한 아이의 나이

귀여운 우리 유수가 태어난 지 3년을 맞았다. 보고 또 봐도 질리지 않는 영화의 한 장면처럼 유수가 태어난 날 연못가에 핀 청초한 수선화를 잊을 수가 없다. 해마다 이맘때면 하루에도 몇 차례씩 연못을 찾아가서 수선화 꽃대가 올라오기를 기다린다. 지난겨울이 그리 매섭지는 않았는데도 아직 꽃이 얼굴을 내밀지 않아서 조금은 아쉽다.

어린이집에서는 2주일 전에 이미 생일잔치를 치렀다. 같은 달에 태어난 아이들의 합동 생일잔치인 셈이다. 올해는 이제껏 물려 입던 언니의 한복 대신 예쁜 새 옷을 사 입혔다. 이제 제법 여자아이 티가 배서 얼마나 귀엽고 사랑스러운지 모른다.

어제가 일요일이라서 하루를 앞당겨 생일잔치를 해 주었다. 아이들이란 요란한 생일상보다는 케이크에 촛불만 켜 주어도 사랑하는 가족과 함께라면 얼마든지 좋아한다. 더구나 우리 여섯 식구가 오붓

하게 한자리에 모였으니 아이들에게 이보다 더 좋을 수는 없을 것이다. 아이들이 활짝 웃으며 행복해하는 모습에 보는 이들까지 행복의 물이 스며든다. 언제까지나 이렇게만 살아갈 수 있다면 좋겠다.

오늘 아침에는 단골 병원에 들러 유수의 건강검진을 했다. 신체 발달이나 정서적 건강 상태나 모두 양호하다는 진단이다.
시력검사를 할 때였다. 우리 동네에서는 워낙 똑똑한 아이로 소문나서 그런지 간호사도 잠시 아이의 나이를 착각했었나 보다. 시력표의 작은 글씨인 아라비아 숫자를 다 읽을 줄 알았던 모양인지,
"유수야, 이건 무슨 글자지?"
하고 묻는다. 아이는 자주 보는 2와 3만 알지 다른 숫자는 아직 모른다. 이제 겨우 네 살밖에 안 된 아이인데…
유수는 밥보다 우유를 더 많이 먹는 게 큰 문제라는 지적을 받았다. 우유를 너무 많이 먹는 건 좋지 않다는 의사의 충고에 유수가 야무지게 약속을 했다. 또 아이의 시력 보호를 위해 스마트폰 사용을 주의해야 한다는 부탁도 잊지 않았다. 영리한 아이니까 의사의 말을 건성으로 흘리지는 않을 것이다.

할미는 어린이집 친구들에게 떡과 음료수를 보냈다. 우리 손녀들의 기를 살리는 일이라면 무엇인들 아까우랴. 유치원 교사들이나 병원의 의사 간호사들을 만날 때마다 똑똑한 손녀들에 대한 칭찬을 듣고 나면 하루 종일 기분이 좋아진다.

× 하빠의 육아일기 ×

유수의 담임교사는 나를 만날 때마다 엄지손가락을 치켜세우며 아이를 칭찬했다. 의사 표현이 분명하고 화장실에도 혼자 갈 줄 알고 말썽이라곤 피운 적도 없어서 이런 아이들만 있으면 교사가 할 일이 별로 없을 것 같다고 전했다. 한마디로 어린이집에서 가장 똑똑한 아이라고 자신 있게 말한다. 그 말이 비록 듣기 좋으라고 한 공치사일지라도 영리한 손녀를 둔 덕에 할아비까지 대접을 받는 것 같아 기분이 아주 그만이다.

2015. 3. 30

4월

꽃비를 맞으며
사이즈가 어때서?
참 따뜻한 전화
할아버지, 죄송합니다
손녀 사윗감 후보
그러면 친구가 아프잖아요?
별난 할아버지도 별난 손녀도 아니야

꽃비를 맞으며

봄을 처음 알리는 꽃이야 이른 봄에 피는 매화나 산수유, 개나리 같은 것들이 있기는 하다. 그렇지만 아무래도 봄에 사람들을 가장 많이 끌어모으는 꽃은 단연 벚꽃이 아닌가 싶다. 옛날에는 벚꽃으로 이름난 곳이 몇 군데 안 됐지만 언제부터인지 전국 어디를 가나 아주 흔하게 볼 수 있는 봄꽃이 되어버렸다.

한때 벚꽃이라면 왜색(倭色) 느낌이 들어 다른 토종 꽃들에 비해 그리 친근감이 들지는 않았다. 그런데 근래에는 벚꽃이 원래 우리나라가 원산지라는 학술 보고도 나와서 그나마 조금은 위안이 되기도 한다.

마침 오늘이 일요일인데 집에만 틀어박혀 있기에는 좀이 쑤시는지 아들이 카메라를 메고 나타나 꽃구경을 가자고 보챈다. 물론 아이들은 대환영이다. 지금 전주 시내 어디를 가나 벚꽃이 만개해서 어렵지 않게 꽃을 구경할 수 있다.

도청 근처 삼천천변의 도로를 찾아갔다. 조성한 지 그리 오래되지는 않았지만 가로수로 심은 벚나무가 꽤 운치를 더하고 있다. 몇 년 뒤면 이곳도 제법 멋진 벚꽃 명소가 될지도 모르겠다. 멀리서 보면 마치 하늘에서 흰 눈이라도 쏟아부은 것처럼 신비롭기도 하다. 벚꽃 꽃비가 내리는 나무 아래에서 식구들 모두 봄의 정취에 흠뻑 젖었다.

며칠째 감기몸살을 앓던 내자도 바깥나들이에 한결 기분 전환이 된 듯하다. 나도 아이들 뛰어노는 모습에 덩달아 즐겁다. 아이들이란 가만히 보고만 있어도 귀여워 죽겠는데 할미 할아비를 이리저리 잡아끌고 깔깔대는 모습이 더욱 앙증맞다.

며느리는 사진 모델이 된 아이들의 매무새를 만져 주느라 바쁘고 아들은 아이들을 쫓아다니며 셔터를 눌러대느라 숨이 가쁘다. 다른 상춘객들도 아이들의 깜찍한 모습이 좋아 보이는지 자꾸 뒤돌아보며 다정한 웃음을 흘린다.

나들이 나오기를 참 잘했다. 점심은 기분 좋게 할아비가 한턱을 쏘았다. 가족이 모두 함께하는 나들이에 아이들이 흡족해하니 다가오는 한 주일을 위해 알차게 충전하는 느낌이다. 행복이 뭐 별것인가? 좋아하는 사람들끼리 마주 보며 웃을 수 있다면 되는 걸…

일요일마다 단골로 시청하는 '전국노래자랑'이나 좋아하는 야구 중계를 좀 못 보면 어떠랴? 내 손자들을 위해서라면 뭘 희생하더라도 아깝지 않으리라.

2015. 4. 5

사이즈가 어때서?

　아이들이란 잠자는 시간 말고는 계속 떠들어대야 하는가 보다. 그래서 저렇게 하루가 다르게 새로운 말을 쏟아내는 모양이다. 평소에 말이 없거나 더듬거리던 사람도 자꾸 연습하다 보면 말이 많아지고 말솜씨도 늘게 되는 건 당연한 이치일 것이다.

　아이들이 지껄이는 걸 듣다 보면 내자와 나는 너무 놀라워 입을 다물지 못하고 서로 눈짓을 보내는 일이 잦다. 손녀들이 책상에 앉아 그림 그리기에 열중이다. 그림을 그리면서도 중계방송하듯 입은 잠시도 쉬지 않고 중얼거린다. 작은아이의 입에서 엉뚱한 말이 튀어나왔다.

　"어떻게 이럴 수가 있지?"

　네 살배기 아이의 입에서 나온 말이라고는 도저히 믿기지 않는다. 무슨 일이 생겼는지 궁금해서 얼른 달려가 물었다.

"아가, 왜 그래?"

"책상에 벌레 같은 것이 기어가는 줄 알았잖아요?"

자세히 보니 벌레는 아니고 낙서 자국이었다. 세상에 나와서 3년밖에 안 됐는데 이렇게까지 말을 잘할 수 있다는 사실이 너무나 신비롭다.

저녁 퇴근길에 어미가 아이들의 운동화를 사 왔다. 지금 신고 있는 운동화가 마음에 들지 않는다며 투정을 부린 큰딸을 달래기 위해서다. 물론 작은아이 몫이 빠질 리가 없다. 큰아이는 새 운동화가 마음에 드는지 신어 보고 나서 별로 불평이 없는데 작은 녀석이 속칭 돌직구를 날린다.

"사이즈가 어때서?"

아마 작은아이의 운동화를 너무 큰 걸 사 와서 바꿔야겠다고 하는 소리를 들었나 보다. 신발이 마음에 든 녀석이 그냥 신고 싶어서 한 말이었다. 그러자 이번에는 큰아이가 제 동생을 위로하느라 한마디를 거들고 나선다.

"유수야, 언니가 발명가가 돼서 멋진 신발을 만들어 줄게."

이쯤이면 말만 가지고는 전혀 주눅 들지 않고 세상을 살아갈 만하지 않을까 싶다.

2015. 4. 6

참 따뜻한 전화

지난 일요일 벚꽃 구경에 취해 찬바람을 너무 많이 쏘인 탓일까? 아니면 어린이집에서 야외 활동을 지나치게 해서 그럴까? 집으로 돌아온 작은아이가 심하게 콜록대더니 밤이 되자 증세가 더 걱정스럽다. 고열과 기침에 시달리며 잠을 잘 이루지 못한다.

아이는 평소에도 잠들기 전이면 잠을 재촉하는 수면제처럼 우유를 마신다. 그런데 기침을 심하게 하다 그것마저 토하는 바람에 옷과 이부자리를 적셔 역한 냄새가 방 안에 진동한다. 아이의 옷을 벗겨 씻기고 방 안을 치우느라 한밤중에 한바탕 소동을 치렀다. 면역력이 약한 아이들에게 감기는 참 귀찮은 불청객이다.

이럴 때마다 내자의 한숨 섞인 푸념이 흘러나온다.

"왜 저것이 제 어미를 안 찾아가고 밤마다 이러는지 몰라… 제 어미 아비는 이러는 줄도 모르겠지…"

요즘 제 언니는 자주 어미 집을 찾아가는데 작은 녀석은 요지부동으로 할아비 집을 떠나지 않으려고 한다. 병원에 들렀다가 어린이집에 데려다주었는데 어린이집 안으로 들어가면서도 아이는 할아비에게 당부하는 걸 빠뜨리지 않았다. 혹시 오늘 할아비 집으로 못 가게 될까 봐 걱정이 앞서는 모양이다.

"이따 하빠가 꼭 데리러 와야 해!"

오늘처럼 아이가 몸이 아플 때면 무슨 일을 해도 일손이 잡히지 않고 마음은 자꾸만 아이에게로 달려간다. 아이가 잘 지내는지 걱정스럽지만 혹시라도 할아비가 극성을 부린다는 오해를 받을까 봐 어린이집에 전화하기도 조심스러워 망설일 때가 많다.

할아비의 이런 마음을 훤히 꿰뚫고 있다는 듯 거짓말처럼 담임교사로부터 전화가 걸려 왔다.

"할아버님, 유수 약도 먹였고요. 밥도 잘 먹고 잘 놀고 있으니 염려하지 마세요. 그런데 유수 말이, '하빠가 데리러 오신다'고 하는군요."

할아비의 전화번호까지 알아내고 할아비가 애태울 걸 헤아리며 전화를 해 주는 보육 교사의 따뜻한 배려가 눈물 나게 고맙다. 이런 작은 정성이 마음을 움직여 사람은 살맛이 나는가 보다. 남들이 별로 알아주지 않는 일일지라도 이렇게 자신의 사명에 충실한 사람들이 있어 세상살이에 희망을 품게 될 것이다.

2015. 4. 8

할아버지, 죄송합니다

요즘 유수를 볼 때마다 크게 걱정스러운 것이 하나 있다. 집에만 오면 밥은 아예 먹을 생각을 하지 않고 우유만 먹으려는 것이다. 처음에는 우유라도 잘 먹으니 무방하다고 생각했는데 주위 사람들이나 의사들의 말을 들어 보면 이구동성으로 아주 좋지 않은 습관이니 얼른 고쳐 주어야 한다는 충고를 한다.

좀체 아이의 버릇이 고쳐지지 않아 걱정이 늘어간다. 이렇게 편식을 하다 보니 변이 하얗고 딱딱한 게 아무래도 건강에 문제가 있다는 신호로 보인다. 상식선에서 보더라도 영양 불균형으로 여러 가지 문제를 안고 있으리라는 생각이 든다.

하도 염려스러워서 어린이집에 슬쩍 알아봤더니 그곳에서는 주는 대로 가리지 않고 골고루 잘 먹는다는 대답이다. 다행스럽기는 하지만 집과 어린이집에서의 식습관이 그렇게 판이할 수 있는지 얼른 이

해가 안 되는 일이다.

어제는 귀가하자마자 우유부터 달라고 떼를 써서 한참 실랑이를 벌였다. 아이의 버릇을 잡기 위해 온 식구들이 합심해서 되도록 우유를 덜 먹이려고 노력을 기울이고 있다. 아이는 식구들 중에서도 제 뜻을 가장 잘 받아 주는 사람이 할아비라는 걸 잘 알기에 나에게만 매달린다. 한참을 시달린 끝에 할아비가 절충안을 내놓았다. 저녁밥을 잘 먹고 나면 우유를 주겠다고 했지만 아이는 막무가내로 우유만 달라고 떼를 쓴다.

평소와 달리 할아비가 제 청을 들어주지 않자 아이는 비장의 무기인 울음으로 울분을 토한다. 오늘은 나도 큰맘 먹고 단호히 거부했다. 그러자 화가 치민 아이가 홧김에 벌떡 일어서다 그만 할아비의 턱을 들이받고 말았다. 불의의 기습에 눈에서 불이 번쩍 하는 것 같았다. 머리가 띵하고 입 안이 찢겼다.

집 안에 있던 식구들이 다들 놀라 달려오고 한바탕 소동이 벌어졌다. 피해자인 할아비를 걱정하는 식구들 틈에서 아이는 그만 죄인이 되고 말았다. 사실 내가 이렇게 심한 통증을 느끼는데 여린 아이인들 온전할 리가 있겠는가? 놀란 아이 어미는 시아버지에게 민망하고 미안해서 얼른 아이를 끌고 제 집으로 돌아갔다. 이윽고 이 소식은 아이 아비에게도 전해졌고 아들은 전화로 걱정을 한다.

일이 자꾸 커지는 것 같아 마음이 몹시 불편하다. 아비에게 신신당부를 했다.

"어린것이 모르고 한 짓이니 절대 나무라서는 안 된다."

어제 저녁 울며 제 어미에게 끌려간 녀석이 걱정돼 밤새 잠을 이루지 못했다. 아침에 출근하는 제 어미를 따라 다시 할아비 집을 찾아왔다. 집에 들어서자마자 큰 녀석이 제 동생을 다그친다.

"유수야, 빨리 할아버지한테 죄송하다고 말해야지?"

그러자 작은 녀석이 한껏 애교 섞인 소리로 할아비를 녹여버린다.

"할아버지, 죄송합니다."

어리광을 부릴 때면 '하빠'라는 호칭을 쓰는데 오늘은 깍듯이 할아버지라고 불렀다. 영악한 손녀가 할아비 마음의 호수에 작은 물결을 일으킨다.

2015. 4. 14

손녀 사윗감 후보

금요일 저녁 무렵 아이들이 유치원에서 돌아올 시간이 되면 아이들은 물론 할아비까지도 일종의 해방감을 느끼게 된다. 왠지 통제 받는 것 같은 생활에서 벗어나 앞으로 며칠 동안은 유치원에 가지 않아도 되기 때문이다. 학교나 유치원이 돈 내고 가는 곳이지만 돈이 아깝다는 생각보다는 홀가분하게 놀고 싶은 마음이 더 앞서는 것은 어른 아이 할 것 없이 공통된 심리인가 보다.

버스에서 내리는 아이들의 표정이 어느 날보다 더 활짝 피었다.

오늘은 한 주일 동안 배운 각종 학습 자료에다 세탁할 이부자리까지 평소보다 짐이 훨씬 많다.

차가 집 앞에 멈추면 아이들이 두리번거리며 찾는 사람이 있다. 바로 하빠다. 대문 앞에서 기다려 주는 할아비가 반가운지 작은 녀석은 선생님이나 친구들이 지켜보는 건 아랑곳하지 않고 할아비 등에 찰싹 달라붙어 빨리 업어 달라고 조른다.

선생님에게 인사부터 하라는 할아비의 재촉에 아이들은 건성으로 고개를 까딱하고는 얼른 집 안으로 들어선다. 대문을 닫으려는데 차에서 나를 부르는 소리가 들린다. 무슨 일인지 차 앞으로 다가갔더니 차를 몰고 온 유치원 직원이 차 안에 앉아 있는 한 남자애를 가리키며 한바탕 웃는다.

"여기 할아버님의 손녀사위가 있네요."

평소에 나와 친하게 지내는 사이인 그가 농담을 걸었던 것이다. 아마도 그 아이가 우리 휘수를 많이 좋아하는 모양이다. 사실 휘수는 유치원에서 남자애들 사이에 가장 인기가 많은 여자애로 소문이 자자하다. 얼굴도 예쁜데다 마음씨도 착하고 공부도 잘하며 노래와 춤까지 발군이니 그럴 수밖에.

그래서 서로 휘수에게 잘 보이려고 경쟁이 치열하다고도 한다. 소풍 가서 식사 시간이면 도시락을 들고 일부러 휘수가 있는 곳으로 찾아오는 아이들도 있고 학예 발표회 때는 휘수와 짝을 하고 싶어 하는 애들도 많다고 한다. 심지어 결혼하자고 다가오는 애들도 여럿이라고 하니 그 인기를 누가 막으랴? 결국 손녀 사윗감 후보가 너무 많아서 고르자면 행복한 고민을 해야 할 처지가 아닌가?

한 20년쯤 뒤에도 내가 살아 있다면 생길 법한 일일지도 모르겠다는 기분 좋은 상상을 해 본다.

2015. 4. 17

× 하빠의 육아일기 ×

그러면 친구가 아프잖아요?

어린이집에서 돌아온 작은아이의 얼굴에서 이제껏 못 보던 멍 자국을 발견했다. 작년 어느 날 큰아이가 발레학원 버스 안에서 다른 아이에게 핀으로 얼굴을 찔렸던 일이 되살아난다. 아마 지금도 큰아이는 그때 일을 잊지 않고 있을 것이다. 생각만 해도 분통이 터지고 가슴 아픈 추억이다.

아이의 얼굴을 자세히 들여다보니 이건 누군가에게 꼬집힌 게 분명하다.

"유수야, 너 얼굴이 왜 그래?"

"뛰어가다 부딪쳤어."

어린것이 할아비가 걱정할까 봐 감추려는 것인가?

"아닌 것 같은데… 누가 때렸어? 할아비한테는 말해야지?"

아이는 한참을 망설이더니 마지못해 털어놓는다.

"으음… 승혜가 꼬집었어."

가해자는 아마 같은 반 아이인 모양이다.

"왜 그랬을까? 네가 뭘 잘못했구나?"

"아니. 그 애가 그냥 꼬집었어."

"꼬집힐 때 울었어, 안 울었어?"

"응, 조금 아파서 울고 싶었는데 그냥 참았어."

멍 자국에 속도 상한 데다 상처를 굳이 감추려는 아이의 속내가 안쓰러워 괜히 한번 부추겨 보았다.

"그럼 너도 같이 꼬집어 주지 그랬어?"

그랬더니,

"그러면 친구가 아프잖아요?"

아, 어쩌면 아이의 입에서 이런 말이 튀어나올 줄이야! 지금 아이는 오히려 가해자인 제 친구가 아파할 걸 더 걱정하고 있구나. 저 작은 머릿속에 어떻게 저런 생각이 들어앉았을까? 천진난만한 아이의 마음을 미처 헤아리지 못한 게 한없이 부끄럽다. 나는 졸지에 아이만도 못한 할아비가 되고 말았다.

그래, 그렇게 곱게 자라야 하는 거야!

2015. 4. 22

× 하빠의 육아일기 ×

별난 할아버지도 별난 손녀도 아니야

아이들의 아비는 나흘째 다른 지방에서 출장 중이다. 또 내일은 유치원에서 소풍을 가는 날이다. 내일 아침 출근 준비하기에도 바쁠 텐데 소풍 준비까지 하려면 시간에 쫓길 것 같아서 아이의 어미는 오늘 밤 우리 집에서 묵기로 했다. 또 가장이 없는 집에 여인네 혼자만 두기도 꺼림칙했다.

아이들은 오늘도 제 어미는 거들떠보지도 않고 할미 할아비 곁에서만 맴돈다. 모처럼 어미가 같이 데리고 자고 싶어 아이들을 찾지만 아이들은 이런 어미의 간곡한 바람도 무시한 채 일찌감치 안방의 할아비 침대를 차지해버렸다.

작은아이의 잠꼬대 때문에 자다가도 몇 차례씩 깨곤 하는 게 이제는 익숙한 일상이 되어버렸지만 오늘은 유독 심하게 보챈다. 옆방에서 자다 아이의 우는 소리에 잠이 깬 어미가 달려와 얼른 아이를 안고 제 방으로 데려가 보지만 아이는 더 크게 울어댄다.

한밤의 정적을 깨는 아이의 울음으로 시부모에게 죄스러운 며느리는 되도록 제 힘으로 아이를 달래 보려고 애를 쓰지만 지금 아이에게는 그게 통하지 않는다. 늘 하던 대로 할아비 품으로 찾아가고 싶어 하는데 어미가 붙들고 있으니 아이에게는 그게 더 불편하고 싫을 것이다.

보다 못한 할아비가 아이를 안방으로 데려오라고 타이르자 겨우 아이의 울음이 멎었다. 제 자식이 저보다 시아버지를 훨씬 더 따르니 지금 며느리는 얼마나 어처구니없어 할까? 세상살이의 온갖 풍상을 너그럽게 받아들이기에는 아직 어린 며느리가 이런 일로 마음의 상처를 입는 것은 아닐까?

아이들이란 저러다가도 언젠가는 반드시 제 부모를 찾아가고야 만다고 한다. 내 손녀들만 조부모에 대한 집착이 유별난 것이 아니라고 믿고 싶다. 나는 세상의 조부모들 치고 손자들에게 나만큼 하지 않는 사람은 아무도 없으리라는 생각을 늘 갖고 있다. 그래서 손자들도 나도 그리 특별할 것 없이 다른 사람들처럼 그저 자연스럽게 살아가고 있는 것이라고 생각한다.

2015. 4. 29

× 하빠의 육아일기 ×

5월

이 연사 힘차게 외칩니다
누가 물을 다 마셔 버렸지?
아빠는 못 하는 게 없네!
동생이 만질까 봐 감춰 두었어요
겁나지만 행복한 시간
보들보들한 게 좋아

이 연사 힘차게 외칩니다!

"차렷- (인사)…

여러분!

손을 들고 길을 건너가자는 교통경찰 아저씨의 고마운 수고에 협조하는 어린이가 되어, 신호등을 잘 지켜 교통사고 없는 질서 있는 거리와 대한민국을 잘 지켜 나갑시다!

내가 먼저 정직하고 철저히 지켜 나갈 때 우리나라는 더욱 발전해 나갈 것이라고 이 연사- 힘차게 외칩니다!"

저녁상을 물리고 나면 식구들이 둘러앉아 하루의 피로를 푼다. 직장에 다녀온 아들과 며느리는 모르긴 해도 아마 오늘도 직장에서 스트레스를 많이 받았을 것이다. 둘 다 말단 경력자들이니 좋은 처우를 받는 생활도 아니고.

이럴 때 무엇보다도 가장 좋은 피로회복제는 아이들의 재롱일 것이다. 직장에서는 비록 말단의 비애를 곱씹으며 지내지만 귀가하면 그런 위축감을 말끔히 씻어 주고 자신들을 최고로 알아주는 아이들이 기다리는 보금자리가 있으니까.

누가 시키지도 않았지만 오늘은 휘수가 유치원에서 배운 교통안전을 주제로 웅변을 시연하겠다고 나선다. 아직 한 번도 이런 걸 본 적이 없던 가족들은 모두 넋이 빠질 지경이다. 단 한마디도 막히지 않고 또랑또랑한 목소리로 멋진 제스처까지 곁들여 야무지게 마무리를 한다. 평소에도 워낙 영리하기는 하지만 아이가 이렇게까지 훌륭하게 해낼 줄은 몰랐다.

식구들의 열렬한 환호 속에 재청이 터져 나온다. 저러다 목이라도 쉴까 봐 걱정스럽다. 식구들은 난데없는 웅변 선물로 큰 감동에 빠져든 저녁 한때를 보냈다.

2015. 5. 2

누가 물을 다 마셔버렸지?

어린이날 징검다리 연휴를 맞아 가족들이 캠핑을 하기로 했다. 장
소는 조개잡이를 좋아하는 할미의 입맛에 맞춰 부안의 바닷가로 정
해졌다. 물론 야외 나들이를 별로 달가워하지 않는 할아비만 빼고 다
섯 식구가 집을 나섰다. 손녀들은 할아비도 동행하자고 졸랐지만 혼
자 남아 해야 할 일도 있어서 나는 끝내 사양하고 말았다.

할아비와 떨어져 지내는 동안에 아이들은 네 차례나 전화를 걸어왔
다. 바깥바람을 쐬는 게 마냥 즐거운지 전화기 화면 속에 장난기 어
린 얼굴을 들이미는 녀석들이 더욱 귀엽다. 작은아이는 할아비랑 같
이 오지 못한 것이 못내 아쉬운지 자꾸만 보고 싶다고 푸념을 했단
다. 아무래도 다음에는 꼭 같이 가 줘야 할 것 같다.

하룻밤을 자고 귀가할 시간이 되자 또 전화가 왔다. 곧 도착하겠으

니 할아비가 마중을 나와 달라고 한다. 그 사이를 못 참아 이런 전화까지 해야 하는 녀석들의 할아비 사랑을 누가 말리랴?

불과 하루만 떨어져 있어도 이 지경이니 며칠씩 서로 못 보는 먼 여행 같은 건 꿈도 꾸지 못한다. 작은 녀석은 멀리서 할아비를 발견하자 벌써 업힐 궁리부터 하느라 할아비의 등 뒤로 달려든다.

할미가 아이들의 지난 하루 일과를 더듬으며 터져 나오는 웃음을 감추지 못한다. 자매가 서로 역할 분담을 해서 소꿉놀이를 하더란다. 언니가 엄마가 되고 동생이 아이가 되어 주고받는 대화였다. 동생이 언니의 말을 잘 듣지 않자 언니가 동생을 타이르면서 했다던 말이다.

"그렇게 엄마(언니) 말 안 들으려면 다른 엄마한테 가버려라."

그리고 기발한 어록이 또 있다. 잘 놀던 아이들이 몇 시간이 흐른 뒤 바닷가로 나갔는데 그때가 마침 썰물이었던가 보다. 바닷물이 빠져나간 걸 발견한 작은 녀석이 던진 재치 넘치는 한 마디에 할미는 차마 입을 다물지 못했단다.

"누가 물을 다 마셔버렸지? 하마가 그랬나, 코뿔소가 그랬나?"

네 살배기 자유로운 영혼의 연상 세계에 찬탄을 금할 수 없다. 이제껏 세상의 어떤 멋진 문장가도 이토록 기발한 표현을 한 사람을 본 적이 없다.

2015. 5. 5

아빠는 못하는 게 없네!

오늘은 일요일이지만 아이들은 바깥출입을 하지 않고 하루 종일 할아비 집에서만 버틴다. 저녁상을 물리고 나자 늘 하던 대로 식구들은 거실에 둘러앉아 아이들의 노는 양을 바라보며 열렬한 박수 부대가 된다. 아이들은 어른들이 가만히 있는 꼴을 못 보겠다는 듯이 자꾸 일감을 만들어낸다. 책을 여러 권 꺼내더니 읽어 달라고 조른다. 이미 책의 줄거리를 빤히 알면서도 어른들은 읽어 주고 저희들은 그저 편안한 자세로 듣겠다는 심보가 얄밉지만 그저 귀엽다.

책 보는 것도 시들해지면 온갖 장난감을 다 꺼내 소꿉놀이에 푹 빠진다. 주로 작은아이가 떠드는데 가만히 들어보면 저는 감독이고 언니는 동생이 시키는 대로 배우 노릇을 하라고 명령한다. 언니의 태도가 성에 차지 않으면 이내 날카로운 지적이 날아들고 언니는 마지못해 동생의 지시에 따른다.

"언니야, 너 이렇게 안 할 거야?"
"응, 그래 알았어."

 이번에는 언니가 가장 자신 있어 하는 훌라후프 돌리기가 시작된다. 휘수는 이미 200번도 넘게 할 수 있고 요새는 더 발전해서 두 개를 한꺼번에 끼워 돌릴 수도 있다. 언니가 부러워 보이는지 작은아이가 언니 흉내를 내보지만 몸치 동생은 도저히 따라하지 못한다.
 이때 아이들의 노는 모습이 귀여워서 아비가 아이들 틈에 끼어든다. 둔한 동작으로 몇 번을 돌리자 작은아이가 심사평을 하고 나선다.
 "와, 잘 돌린다. 아빠는 못하는 게 없네!"
 마치 인심 좋은 선생님이 학생에게 건네는 후한 덕담처럼 들린다. 이 한마디에 거실은 폭소 한마당이 되고 말았다. 도대체 저 작은 생각 주머니는 퍼내고 퍼내도 줄지 않는 화수분처럼 끊임없이 어록을 토해내는구나! 하루의 피로가 말끔히 가시는 것 같다.
 아이들은 가족들과 한데 어울려 지내는 게 그지없이 즐거운 모양이다. 이러니 밤마다 노는 재미에 푹 빠져 쉬이 잠을 청하지 않는 게지. 결국 내일 직장에 나가야 하는 부모들이 빨리 자자고 타이른 후에야 마지못해 자리에 눕는다.
 "너 그렇게 안 자면 산에서 도깨비가 내려와 잡아간다?"
 작은 녀석은 졸린 눈을 비비면서도 입을 다물지 않는다.
 "하빠, 도깨비한테 유수 지금 잔다고 해 주세요. 알았지요?"

2015. 5. 10

동생이 만질까 봐 감춰 두었어요

　며칠 전 어느 기관으로부터 강의를 해 달라는 요청을 받았다. 수강 대상은 퇴직이 임박한 직원들이고, 강의 주제는 은퇴한 선배로서 노후 생활에 겪은 경험담이라고 한다. 마침 근래에 각급 기관 단체와 대학에서 '격대교육'을 주제로 강의를 한 경험이 있는 터라 기꺼이 응하기로 했다.

　이미 작성해 둔 원고인, '아이의 눈으로 세상을 보라'를 손질하고 강의 연습도 게을리 하지 않았다. 동영상과 강의용 프레젠테이션도 점검하고 평소에 쓰지 않던 프레젠테이션용 리모컨까지 새로 구입했다. 오늘이 강의하는 날이라서 아이들을 유치원에 보낸 뒤에는 마지막 리허설을 하려고 원고를 책상 위에 올려놓았다.

　그런데 아이들을 유치원에 데려다주고 집에 돌아와 보니 분명히 아까 놓아 둔 원고가 보이지 않는다. 서재 곳곳을 다 뒤져도 영 눈에 들어오지 않는다. 내 기억력에 문제가 있는 것인지 아무리 더듬어 봐도 분명히 책상 위에 놓아 두었다는 결론 말고는 없다. 혹시 내자가 치웠나 해서 물어보지만 자신은 전혀 모르는 일이라며 덩달아 걱정을 한다. 두어 시간 뒤에 강의를 해야 하는데 갑자기 원고가 사라지다니 참으로 낭패가 아닌가?

서재에 자주 드나드는 사람은 나와 손녀들 말고는 없다. 아무리 철없는 아이들이라고는 하지만 그래도 눈치가 분명해서 할아비의 물건을 그렇게 함부로 다루지는 않으리라 믿는다. 혹시나 해서 유치원으로 달려갔다. 휘수를 불러내서 조심스럽게 물어봤더니 너무도 태연하게 대꾸하는 녀석의 태도에 어이가 없다.

"제가 보니까 '아이의 눈으로 세상을 보라' 라고 씌어 있던데요? 하빠가 중요하게 여기시는 것 같았어요. 동생이 만질까 봐 '하빠의 육아일기 1권' 밑에 숨겨 놓았어요."

하는 게 아닌가?

내자도 나도 겨우 안도의 한숨을 내쉬었다. 내자가 가만히 더듬어 보더니 아이가 할미에게 했던 말이 어렴풋이 떠오른다고 한다. 아이는 할미에게도 내게 했던 것과 똑같은 말을 한 적 있다는 것이다. 그런데 그때는 아이들 유치원 보내는 시간이라 워낙 바빠서 아이의 말을 건성으로 들었던 모양이다.

또 신통하게도 아이는 '하빠의 육아일기 1권과 2권'을 구분할 줄도 알고 있구나!

하루 종일 원고를 찾느라 애를 태웠고 유치원에까지 헐레벌떡 뛰어서 왕복하느라 숨 가쁜 시간을 보내야 했다. 그렇지만 지극한 정성으로 할아비를 염려해 주는 영리한 큰손녀를 재발견한 기쁨에 가슴 벅찬 하루였다.

2015. 5. 12

× 하빠의 육아일기 ×

겁나지만 행복한 시간

밤에 아이들이 잠자리에 드는 시간이 점점 늦어지고 있어 걱정스럽다. 오늘도 밤 아홉시가 훨씬 넘었는데 휘수는 할아비를 붙들고 사정을 한다.

"오늘 텔레비전을 한 번도 못 봤어요. 딱 하나만 보고 자면 안 돼요?"

아이의 하는 양이 귀엽고 한편으론 안쓰럽기도 하지만 버릇을 들이면 안 되겠기에 매몰차게 거절했다. 이제 아이들은 밤늦게 텔레비전을 보는 건 좋지 않은 버릇이라는 걸 잘 알기에 어른들의 눈치를 많이 살피곤 한다.

아직 잠 잘 생각이 없는 녀석들은 어떻게 하든지 취침 시간을 최대한 늦추고 싶어 온갖 궁리를 짜낸다. 장난감을 잔뜩 꺼내서 늘어놓고 소꿉놀이를 시도하려고 하면 당장 어른들의 제지를 받기 일쑤다. 또 방바닥에 이불이나 베개 등으로 성 쌓기 놀이를 하려 하지만 이마저도 야단만 맞고 만다.

　대신 어른들이 유일하게 허용할 만한 한 가지 방법을 찾아냈다. 바로 독서다. 책을 볼 때는 할미나 할아비가 한없이 관대하다는 걸 너무나 잘 안다. 그런데 문제는 읽어 달라는 책이 한두 권이 아니라 늘 대여섯 권이 넘으니 어른들이 그걸 다 읽어 주려면 시간이 너무 많이 걸려 입이 아프고 지루하다는 사실이다. 때로는 책을 한 아름 안고 달려들 때마다 덜컥 겁이 나기도 한다. 그래도 결코 피할 수 없는 시간을 밤마다 치러야 한다.

　아이의 눈을 슬쩍 피해 한두 쪽씩 겹쳐서 빼먹고 읽으면 용케도 알아차리고 다시 읽으라고 지적한다. 일곱 살 휘수는 은근슬쩍 알고도 넘어가 주지만 네 살배기 유수의 눈은 매처럼 매서워 조금도 융통성이 없다. 또 스토리를 잘 알고 있는 터라 글자는 모르지만 잘못 읽는 것도 그냥 넘어가지 않고 콕 짚어내 제대로 읽으라고 엄포를 놓는다.

　　"그게 아니잖아? 잘 읽어야지!"

　밭에서 주인 몰래 무 캐 먹다 들킨 사람처럼 책 읽던 할아비가 무안해서 헛웃음을 흘린다. 책 속에서도 궁금한 건 못 참는 녀석들의 질문이 꼬리에 꼬리를 물고… 할아비와 손녀들의 독서 토론은 밤이 이슥하도록 이어진다.

　수면이 줄어들어도 결코 미워할 수 없는 즐거운 시달림에 이 할아비는 한없는 행복감이 차오른다. 세상에 나온 지 3년 밖에 안 된 녀석이 책 보기를 좋아한다는 사실이 그저 반갑고 가슴 벅차다. 무엇보다도 할아비의 낭독에 귀를 쫑긋하며 진지하게 들어주는 모습이 그지없이 사랑스럽다. 지금 아이들에게는 할아비가 세상에서 제일가는 구연동화 전문가로 보일지도 모른다. 이렇게 밤마다 할아비 품에서 책을 읽다 잠이 드는 녀석들이 한없이 소중하다. 오늘도 두 녀석들은 할아비의 양쪽 품에서 행복한 천사의 모습으로 잠이 들었다.

2015. 5. 17

보들보들한 게 제일 좋아

사람들은 각자 선호하는 느낌이 다르겠지만 손으로 만지거나 몸에 닿는 촉감 중에서 유난히 좋아하는 느낌은 있게 마련이다. 이것은 아이들이라고 해서 크게 다르지는 않은 것 같다. 귀여운 우리 유수는 유독 보드라운 걸 좋아한다. 몸에 걸치는 옷이건 덮는 이불이건 가지고 노는 장난감이건 그 보드라운 감촉에 기분이 좋아지는 모양이다.

뭐든지 만져 보기를 좋아하는 아이는 길가나 마당에 핀 꽃을 보면 그냥 지나치지 못한다. 아이가 이제껏 경험한 바로 꽃들은 모두 보드랍다는 걸 잘 알기 때문이다. 아이는 보드라운 걸 만질 때면 지그시 눈을 감고 아주 천천히 손바닥을 문지른다. 그리고는 행복에 겨운 얼굴이 된다. 그 앙증맞고 사랑스러운 표정이라니! 이걸 바라보는 사람이라면 누구나 아이의 행복 바이러스에 감염되어버리지 않고는 못배길 것이다.

× 하빠의 육아일기 ×

아이는 인형도 베개도 보드라운 재질로 만든 것만 찾는다. 만일 누가 제 베개에 손이라도 대면 당장 날카로운 불호령이 날아온다.

"보들보들 베개는 유수 거란 말이야!"

이때는 제가 아무리 좋아하는 할아비라도 예외가 없다.

또 아침마다 유치원에 입고 갈 옷을 고를 때도 할미와 다투기 일쑤다. 할미는 매일 다른 옷으로 갈아입히려 하고 아이는 제가 좋아하는 보드라운 재질의 옷만 입으려고 해서다. 아이의 취향이 이렇게 유난스러워서 새 옷을 살 때도 늘 이런 면을 고려하지 않을 수 없다.

심지어는 유치원에서 운동복을 입고 오라는 날에도 저만 굳이 제 맘에 맞는 옷을 입고 간다. 요즘처럼 날씨가 더워도 짧은 여름 옷 대신 보드라운 긴 옷을 입으려고 고집을 피운다. 이렇다 보니 아이의 패션은 계절이나 색깔 같은 것은 전혀 무시하고 오로지 보드라운 것만이 최우선이 되었다.

"아가, 너는 보드라운 것이 그렇게 좋으냐?"

"응, 나는 보들보들한 게 제일 좋아!"

오늘도 아이는 보들보들 베개에 거만하게 누워서 젖병에다 우유를 담아 오라고 명령한다.

"나 배고파, 빨리 우유 주세요!"

2015. 5. 22

6월

안 가고, 또 안 가고, 또 안 가고…
하빠가 우유 갖다 줘
하빠 집에서 이렇게 잘 거야

안 가고, 또 안 가고, 또 안 가고…

여드레 전인 지난 일요일 저녁 무렵이었다. 할아비 곁에서 잘 놀던 네 살배기 손녀가 난데없이 울면서 제 아비 손에 끌려 나갔다. 평소에도 아이들과 아비는 아파트로 가느냐 마느냐를 놓고 실랑이가 벌어지는 게 다반사였다. 이번에도 제 아비가 데려갔으니 납치라고 할 수는 없겠지만, 아이의 아비는 이렇다 할 설명도 없이 아이를 우악스럽게 차에 태웠다. 순식간에 벌어진 일에 할아비는 말릴 겨를도 없었다. 끌려가던 아이의 서러운 울음소리만 귀에 쟁쟁할 뿐이다.

그날 이후 할아비와 아이들은 단 하루도 만나지 못했다. 시시때때로 서로 보고 싶어 안달인 조손간의 정을 이렇게 떼어 놓는 놈들이 누구인가? 아들 내외는 저희들 스스로의 마음을 다스리지 못해 걸핏하면 다투곤 그 화풀이로 애먼 아이들의 마음을 아프게 한다.

잊을 만하면 한 번씩 이런 짓을 저지르니 지켜보는 부모로서도 한심하고 답답하기 이를 데 없다. 그 원인이야 늘 빤하다. 참을성이 부족해서 자칫하면 화를 잘 내고 잘못을 남 탓으로 돌리려는 어리석은 생각 때문이다. 이럴 때마다 가족 구성원들이 겪어야 하는 마음고생 따위는 늘 뒷전이다. 어른들이야 그렇다 치더라도 물정 모르는 어린것들의 마음을 아프게 하는 건 차마 사람의 탈을 쓰고 할 짓이 아니다. 돌아서면 후회할 짓을 또 망각한 모양이다.

무엇보다도 어린것들의 가슴에 크나큰 상처를 입히고도 가책을 못 느끼는 놈들이 괘씸하기 짝이 없다. 이런 일은 가족 구성원 모두에게 견디기 힘든 불편과 지울 수 없는 앙금을 남긴다. 전에도 몇 차례 경험했듯이 그 후유증은 심각했다. 얼마나 속을 끓였는지 아이들은 열이 오르고 배가 아프다고 호소한다. 또 정서 불안으로 심리적 안정감과 집중력이 현저히 지장을 받았다.

오후 2시쯤, 유수의 담임교사에게서 전화가 왔다. 내용인즉 유수가 오늘은 버스 타고 할아버지 집에 가고 싶다고 했다는 것이다. 1주일 넘게 하빠를 못 봤으니 오늘은 꼭 하빠를 만나야겠다는 아이의 호소를 외면할 수 없어 선생님이 전화를 걸었던 모양이다. 아이 부모들은 저희들이 저지른 잘못이 워낙 커서 차마 나를 찾아와 용서를 빌 엄두도 못 낸다. 나도 이제는 그놈들을 용서할 마음이 추호도 남아 있지 않다. 아이들을 건사해야 할 부모라는 작자들이 아이의 마음은 안중에도 없이 이렇게 무책임한 처사를 저지르다니 암만해도 더는

봐줄 수가 없다. 아이들의 장래를 생각하니 너무나 가슴이 무겁고 갑갑하다. 철없는 부모를 잘못 만났으니 정서적 불안정에 시달릴 것이 자명하다. 아이 부모들을 용서할 수 없는 이 할아비가 과연 평정심을 갖고 아이들에게 온전히 사랑을 쏟아 줄 수 있을지 나도 장담할 수는 없다. 불쌍한 내 새끼들을 어찌해야 할까?

오후 5시가 되자 아이들은 그들의 바람대로 할아비를 찾아왔다. 차에서 내리자마자 할아비 품으로 달려들며 반가움과 원망이 섞인 말을 쏟아낸다.

"하빠, 보고 싶었는데 왜 안 데리러 왔어…?"

전보다 몇 배나 더 어리광을 피우며 할아비 곁에 찰싹 달라붙어 떨어질 줄 모른다.

일곱 살 휘수는 떨어져 지낸 며칠 사이에 눈치만 더 늘어 자꾸 머뭇거리지만, 네 살배기 유수는 거칠 것 없이 제 마음을 털어놓는다.

"유수야, 내일은 엄마 집으로 가야지?"

"아니야, 안 갈 거야. 안 가고, 또 안 가고, 또 안 가고…"

아이의 입을 가로막지 않으면 언제까지나 그 말을 계속할 것처럼 아이의 결심은 지극히 단호해 보였다.

2015. 6. 5

하빠가 우유 갖다 줘

아이들은 참 오랜만에 할아비 집을 찾아와 모처럼 조부모와 회포를 풀었고 그럭저럭 긴장이 풀린 탓인지 초저녁을 조금 지나자 일찍 잠자리에 들었다. 오늘도 잠들기 직전의 통과의례인 동화 읽기는 어김없이 치러야 했다. 작은아이는 '호랑이와 곶감'을 가져오고 큰아이는 '효녀 심청가'를 들고 왔다. 할아비는 구수한 1인 다역 목소리로 아이들의 수면제 노릇을 해야 했다.

큰놈은 배가 아프다며 베개를 꼭 끌어안고 새우잠을 자고 작은 녀석은 늘 하던 대로 할아비 곁을 독차지하고 식은땀을 흘리며 자고 있다. 할미는 손녀들의 잠든 모습을 애처롭게 바라보며 중얼거리더니 끝내 눈시울을 적시고 말았다.

모처럼 나타난 아이들 시중에 시달려서 그런지 몸은 천근처럼 무겁지만 쉬이 잠을 이룰 수 없는 밤이다. 노부부는 잠이 들 때까지 내내 손녀 들여다보기를 멈추지 않는다. 생각할수록 귀엽고 불쌍한 마음은 눈덩이처럼 부풀어 오른다.

어쩌다 우리는 이런 인연으로 만나 이렇게 애달파하며 살아야 하는지 모르겠다. 남들과 달리 손자 양육은 거의 자발적으로 선택한 일이기는 하지만 이런 아픔에 시달리게 될 줄은 몰랐다.

막 잠이 들었는데 작은 녀석이 잠꼬대를 한다. 잠꼬대는 대개 그날 어린이집에서 겪은 일이거나 제 부모에게 야단맞고 우는 경우를 재연할 때가 많다. 늘 겪는 일이니 저러다 말겠지 하고 지나치려는데 오늘은 사태가 좀 더 심각한 것 같다. 잠에서 깨어 우유를 달라고 조른다. 모른 척하는 할아비 몸을 두드리며 보챈다. 아이의 떠드는 소리에 잠이 깬 할미가 우유를 갖다 주겠다고 나선다. 아이는 할미가 주는 우유는 싫다고 떼를 쓴다.

"하빠가 우유 갖다 줘! 나는 하빠가 갖다 줘야 좋단 말이야!"

할 수 없다. 할아비가 일어나 우유를 대령한다. 아마 일찍 잠자리에 드는 바람에 시장기를 느꼈던가 보다. 평소에는 한 병을 다 마시는데 오늘은 3분의 2쯤만 빨더니 그만 먹겠다고 한다. 그러더니 곧 배가 아프다며 업어 달라고 한다. 아마 소화가 안돼서 그러는 것 같아 업어서 재우려고 일어서려는 순간 아이가 울컥 하더니 내 몸과 이부자리에다 잔뜩 토해내고 말았다.

한밤중에 또 한 번 소동이 벌어졌다. 아이를 씻기고 이부자리를 걷어냈지만 방안 곳곳에 흩뿌려진 토사물의 역한 냄새는 오래도록 코에서 맴돈다. 그렇지만 냄새나 세탁물 따위가 무슨 대수일까? 무엇보다도 아이가 힘들어할 일이 제일 문제다. 장염에라도 걸린 것인가? 요즘 중동호흡기병인 '메르스' 때문에 병원 드나들기도 꺼림칙한데 이것 참 남감한 일이네.

아까 초저녁에도 아이는 거품 섞인 설사를 했는데 소화도 잘 안되고 속이 몹시 불편한 모양이다. 할미의 인내심도 바닥을 드러내서 짜증이 날아온다. 이런 날이면 또 무심한 아이 부모들에 대한 원망이 되살아나고 만다. 아이를 들쳐 업고 얼른 거실로 피신한다.

한참을 할아비 등에 업힌 아이가 제 딴에는 미안한지 자청해서 방으로 들어가 자겠다고 한다. 아이를 재우고 나서도 나는 잠을 이룰 수가 없다. 잠을 잘까 이대로 날을 샐까 망설이다 벽시계를 들여다보니 2시 반쯤을 가리키고 있다. 날짜가 바뀌니 오늘이 현충일이라는 게 생각난다. 눈을 좀 붙이고 나서 조기 게양을 해야겠다.

2015. 6. 6

하빠 집에서 이렇게 잘 거야

이름도 생소한 중동호흡기증후군(中東呼吸氣症候群) 즉, 메르스 (MERS Middle East Respiratory Syndrome) 때문에 온 나라가 난리법석이다. 의료 관광이 한류(韓流)의 주요 부분이 될 만큼 의료 선진국이라 자랑하던 이 나라가 초기 대응에 실패함으로써 세계적인 조롱거리가 되고 말았다. 아직 그 감염경로도 시원하게 밝혀내지 못했고 보건 당국이나 의료계의 방역 대책도 갈팡질팡해서 국민들의 불안 심리는 눈덩이처럼 불어나고 있다.

온 국민이 합심을 해도 모자랄 판에 이런 국가적 위기를 오히려 자신의 정치적 입지 강화에만 이용하려는 몰염치한 일부 정치인들까지 나와 더욱 국민들을 힘 빠지게 하는 일도 생겼다. 자고 나면 감염자와 사망자가 늘어나니 체감하는 불안감은 걷잡을 수가 없다. 모든 경제지표는 곤두박질치고 대외 신인도도 걱정스러운 지경이다.

참으로 충격적인 이야기도 들었다. 친지의 결혼식장에 다녀온 어떤 사람에 의하면, 신랑 신부만 빼고 모든 참석자들이 마스크를 쓰고 예식을 진행하는 진풍경에 실소를 금할 수 없었다고 한다. 우리집이라고 그 불똥이 피해 가지는 않았다. 당장 유치원에서는 학부모들의 우려를 감안해서 휴원을 결정했다고 한다. 면역력이 취약한 어린 아이들에게 감염이라도 된다면 생각만 해도 머리가 오싹해지는 일이다.

이 무더운 날 집안에서 아이를 둘씩이나 데리고 지낼 일이 만만치 않게 생겼다. 더구나 맞벌이하는 아들네 사정으로 달리 방도가 없으니 그들도 우리 내외도 속이 타는 일이다. 어른들이 힘들다고 그 불똥이 아이들에게 튀어서는 안 되겠기에 조심하느라 더 속이 터진다.

이런 어른들의 갈등이나 전염병의 공포를 알 턱이 없는 어린것들은 그저 유치원에 안 가는 게 좋고, 또 늘 보고 싶은 조부모와 같이 지내는 게 신이 날 뿐이다. 만면에 희색이 그득한 작은 녀석은 집안에 들어서자마자 숫자 열을 나타내느라 양 손바닥을 펼치며 가슴 벅찬 선언을 한다.

"하빠 집에서 이렇게 잘 거야!"

아이가 알고 있는 가장 큰 숫자인 열을 나타냄으로써 오래오래 할아비 집에서 살겠다는 의지를 표명한 것이다.

그리고는 한 가지 더 주문을 한다.

"유모차 타고 하빠랑 마트에 갈 거야!"

이건 할아비랑 나들이를 하고 싶다는 말이다. 아이는 제 언니가 전에 했던 것과 조금도 다름없던 짓을 꿈꾸고 있구나. 설마 제 언니가 이렇게 하라고 전수를 해 주었을 리도 만무하다. 아이들을 볼 때마다 어쩌면 이리도 똑같이 귀여운 짓을 반복하는지 놀랍기만 하다.

오늘은 매주 월요일이면 큰아이가 영어 과외를 하는 날이다. 오후 4시면 선생이 집으로 찾아오는데 작은아이가 같이 있으면 공부에 방해가 된다. 눈치 없는 작은놈은 아무리 말려도 소용없이 언니의 공부에 끼어들고 싶어 안달을 한다. 그래서 오늘은 작은아이를 데리고 외출을 하기로 했다. 마침 아까 마트에 가고 싶다고 한 것이 생각나 영어 선생이 도착하기 전에 아이를 데리고 밖으로 나왔다. 아이가 할아비와 외출을 하려는 것은 단순히 군것질감이 생겨서만 좋아하는 게 아니다. 이 아이도 제 언니처럼 할아비와 같이 나들이하면서 도란도란 이야기를 나누고 싶은 게 가장 큰 이유다.

아랫마을 마트까지는 약 1.5킬로미터쯤 되는 거리다. 이 무더운 날 할아비는 땀을 뻘뻘 흘리며 유모차를 밀고 저는 그 유모차에 편안히 올라앉아 가겠다는 심보다.

동네를 지나다 보면 많은 사람들을 만난다. 어린이집 선생님이 어른을 만나면 인사를 잘 하라고 가르친 게 생각나는 모양이다. 아이는 보이는 사람마다 인사를 빠뜨리지 않는다. 어떤 할머니는 다정하게 말을 건네지만 어떤 할머니들은 귀가 어두운 탓인지 전혀 반응이 없다. 아이가 실망한 듯 투덜거리자 할아비는 위로를 해 주어야겠다고 생각한다.

"저 할머니는 왜 인사도 안 받지?"

"응, 귀가 아파서 네 말을 못 알아들으신가 봐."

이번에는 조양임씨 제각(兆陽林氏 祭閣) 앞을 지나다 비석 하나를 발견하고 참견을 한다. 아마 그 집안에서 공덕이 많은 사람을 기리는 비석인 모양이다. 마침 비석의 받침돌에 큰 거북이를 새겨 놓았다.

"하빠, 저 거북이가 너무 무서워."

"유수야, 이건 살아 있는 게 아니야. 자, 하빠가 만져도 괜찮지?"

그제야 안심이 되는지 저도 만져 보겠다고 가까이 다가가 손으로 만져 본다.

또 한참을 걸어가다 조금 피곤한지 늘어지게 하품을 한다. 낮잠을 안자서 졸리는 모양이다.

"하빠, 하빠가 노래를 불러 주고 유수는 유모차에서 자도 되지?"

"암, 졸리면 자야지!"

이번에는 큰길의 건널목 앞에 다다랐다.

"하빠, 길을 건너갈 때는 손을 들고 가야지?"

건널목을 건널 때는 손을 들고 지나가라는 가르침에 충실하려고 아이는 유모차에 탄 채로 손을 들고 있었다. 아이의 말이나 몸짓 치고 어느 것 하나라도 귀엽고 사랑스럽지 않은 게 없다. 이런 애교 덩어리가 도대체 어디에서 왔을까!

아이는 마트에 도착할 때까지 아니, 집으로 돌아올 때까지 바깥 풍경이나 제 느낌을 설명하느라 한시도 쉬지 않고 재잘거렸다. 그리고

반드시 할아비의 맞장구를 기다렸다. 아이는 바로 이렇게 할아비와
소통하는 즐거움을 누리고 싶었던 것이다.

2015. 6. 15

7월

양반도 아닌 자가 갓을 쓴 것처럼

손자 생각의 그림자

할아비를 울리는 기계

하빠, 이렇게 해야지

참 따뜻한 외가(外家)

양반도 아닌 자가 갓을 쓴 것처럼

인터넷을 검색해 보면 내 책이 베스트셀러라고 나와 있다. 아직도 나는 전혀 실감하지 못하는 사실이지만 어느새 세상에는 그렇게 알려졌나 보다. 양반도 아닌 자가 갓을 쓴 것처럼, 넥타이 매기 싫은 날 양복 정장을 한 것처럼 어색하고 불편하기만 하다. 그 덕에 나는 얼떨결에 격대교육 전문가 취급을 받는 처지가 되고 말았다. 이곳저곳에서 격대교육을 주제로 강의를 해 달라는 요청을 더러 받기도 한다.

오늘은 아침 8시부터 부안군청에서 강의가 있는 날이다. 오랜 백수 생활에 젖어 지내다 보니 이렇게 이른 시각에 어딘가로 나서는 게 참 오랜만이라서 익숙하지 않은 일이다. 그래도 전 같으면 아직도 나를 불러 주고 기다려 주는 사람들이 있다는 생각에 즐거운 마음으로 집을 나섰는데 요즘은 별로 신이 안 나서 심드렁한 기분을 지울 수가 없다.

가화만사성(家和萬事成)이라 했는데 그 점에서 부끄럽기만 한 내 주제에 누군가를 가르치겠다고 남 앞에 나서기가 무척 망설여진다. 강의 내내 혹시라도 수강생 중에 지금의 내 가정 사정을 훤히 들여다보는 사람이라도 있는 것만 같아 몹시 마음이 쓰였다. 강의가 끝나고 나서도 계속 마음은 찜찜하다. 과연 내가 앞으로도 떳떳하게 이런 자리에 나서서 가족과 손자들 이야기를 들먹일 자격이 있는지 참 부질없는 짓이라는 자괴감이 든다.

2015. 7. 1

손자 생각의 그림자

 퇴직 이후 아니, 손자들이 생긴 뒤로 좀체 집 밖을 벗어나는 여행 따위에 인색한 생활을 고수하고 있는 터다. 사람은 제 분수껏 살아야 한다는 지론대로 교류의 폭도 최소한으로 줄이고 씀씀이도 아끼며 살아가고 있다.

 그런데 10여 년도 훌쩍 지난 시절 잠시 맺은 인연이라 여겼던 사람들이 고맙게도 나를 기억해 준다. 흐르는 세월 따라 은혜도 배신으로 돌아오기 십상인 세태에서 참 보기 드문 배려가 아닌가? 오늘은 그 덕분에 '덕진경찰서 경목위원회'의 초청으로 '천리포 수목원'을 구경할 기회가 생겼다. 경목(警牧)들은 오랫동안 경찰 활동을 지원해 온 친경 인사들이고 대부분이 70대 전후의 지긋한 연령대로 원로급 목회자들이다. 그분들 덕에 한창 공직 생활을 왕성하게 하던 시절의 추억을 되살릴 수 있어서 흐뭇했고 또 여행지가 수목원이어서 더욱 마음에 들었다.

한데 이색적인 풍광과 식물들을 볼 때마다 여행 내내 머릿속을 맴도는 것은 이렇게 멋진 장면을 손녀들과 함께 하지 못한 아쉬움이었다. 손자 생각은 그림자가 되어 한시도 내 곁을 떠나지 않는다. 맛있는 음식을 먹을 때는 손녀들이 좋아할 것 같고 기념품 가게에 들렀을 때도 아이들이 갖고 싶어 하겠다는 생각으로 그득했다. 들뜬 여행길에 일행들은 웃고 떠들지만 내 마음의 그늘은 쉬이 걷히지 않았다.

그렇게 스스로 자꾸 우울한 기분에 빠져드는 순간이었다. 관광버스에 설치된 TV 뉴스에 나온 장면을 보고 엄청난 충격을 받고 말았다. 중국의 어느 시골에서 일어난 일이라는데 네 살 여아가 돼지우리에서 돼지들과 같이 지내고 있었다. 그 지저분한 곳에서 돼지들과 똑같이 뒹굴고 돼지들과 똑같은 걸 먹고 있었다. 그 다음에 들려온 이야기는 더 충격적이었다. 아이의 엄마가 정신적으로 문제가 있는지 아이를 마구 구타한 흔적을 보여 주었다. 한마디로 아이는 사람이 아닌 짐승 취급을 받고 있다는 사실이었다.

세상은 넓고 또 하고많은 사람들이 살고 있다고는 하지만 설마 이런 일이 생기리라고는 전혀 상상도 하지 못했다. 아이는 불과 네 살이다. 작은 손녀 유수와 같은 나이다. 이 장면을 보고 가장 먼저 떠오르는 건 바로 우리 유수였다. 할아비도 없고 부모도 없는 불쌍한 상황이 된다면 내 손녀도 저런 지경에 이르게 될까?

꿈도 꾸기 싫은 일이다. 방정맞게도 자꾸 그 아이와 우리 유수가 겹쳐지는 장면을 연상하고 있다.

집에 도착할 때까지도 그 여운이 짙게 따라다녀서 내내 마음이 무거웠다. 일행들은 저녁 식사를 한다며 식당으로 몰려갔지만 나는 다른 약속이 있다는 핑계를 대며 먼저 빠져나왔다. 오후 여섯 시쯤 집에 도착했더니 뜻밖에도 아이들 떠드는 소리가 반갑다. 하루 종일 우울하던 마음이 멀리 달아나버린다. 아마도 오늘은 제 어미가 교육을 갔거나 회식이 있는 날이어서 아이들을 우리 집에 맡긴 모양이다.

어쨌든 반가운 마음이 앞선다. 그렇게 보고 싶은 녀석들은 겨우 일주일에 하루 정도만 만나는데 오늘은 큰 보너스를 받은 기분이다.

2015. 7. 9

할아비를 울리는 기계

한창 무더위가 기승을 부리기 시작하자 활동량이 많은 아이들은 땀을 많이 흘린다. 할미도 모처럼 만난 아이들이 반갑고 대견해서 정성스레 몸을 씻겨 준다. 늘 일에 쫓기는 제 부모들이 아이들을 제대로 씻겨 줄 리도 만무하다. 할미는 아이들을 만날 때마다 머리와 옷에 코를 들이대고 냄새를 맡는 버릇이 생겼다. 그래서 씻기고 옷 갈아입히는 것이 가장 먼저 하는 일이 되었다. 아이들은 할아비 집을 찾아온 것이 좋고 몸까지 깨끗해져서 개운한지 희색이 완연하다.

할아비는 아이들의 책가방을 점검해 본다. 못 본 동안 어떻게 지냈는지 유치원에서는 무슨 일이 있었는지 궁금해서다. 작은 녀석의 일기장을 펼쳐 보니 또 코끝이 찡해지며 눈가에 이슬이 맺히고 만다.

"오늘은 산책을 했어요. 유수가 할아버지 집 가는 길이라고 가리키며, '할아버지 집에 가면 할아버지가 대문을 열어 줄 거예요.' 했어요. 할아버지가 무척 보고 싶은가 봐요."

이제 네 살배기마저 제 집과 할아비 집을 구분할 만큼 이렇게 조손 간의 사이가 멀어져 간다는 말인가? 녀석들은 이 할아비의 울음보를 터뜨리는 기계다.

2015. 7. 11

× 하빠의 육아일기 ×

아빠, 이렇게 해야지!

    한 주일에 한 번씩 할아비를 찾아오는 아이들은 그동안 할아비 사랑에 얼마나 굶주렸는지 1주일분 어리광을 한꺼번에 다 풀어버리려는 듯 그 정도가 얼마나 심한지 모른다. 큰아이는 그래도 언니라고 조금씩 눈치를 봐 가며 하지만 작은 녀석은 눈치 따위에 아랑곳하지 않고 마구 달려든다.

    할아비도 아이 사랑에 굶주린 건 마찬가지여서 아이의 등장이 그지없이 반갑지만 이 무더운 날 업어 달라며 막무가내로 매달릴 때면 참으로 난감해지고 만다. 그래도 안 보면 보고 싶어 안달이니 아무래도 병 치고는 아주 큰 병에 빠진 게 틀림없다.

    집 안에 들어서자마자 작은 녀석이 제 어미를 비난하고 나선다.

    "엄마 나빠! 엄마가 하빠 집에 가지 말라고 했어!"

    늘 그리던 할아비를 만난 반가움을 이렇게 돌려서 말할 줄 아이가 오늘 따라 더욱 귀엽다.

아이들은 신이 났다. 이 무더위에 비좁은 아파트에서 지내는 게 얼마나 갑갑했을까? 아이들은 옷을 훌훌 벗어던지고 화장실로 달려간다.

"하빠, 청솔 아파트 화장실은 너무 좁아!"

겨우 한 평도 안 되는 화장실에 들어갈 때마다 아이들이 할아비를 더 그리워했을 걸 생각하니 마음이 무거워진다. 아이들은 할아비 집의 넓은 화장실 생각이 간절했을 것이다. 할아비 집 화장실에서는 물놀이도 실컷 할 수 있으니 여름이 되면 아이들의 할아비 생각은 더욱 커지는지도 모른다.

작은 녀석의 양치질을 도와주려고 화장실에 들어섰다. 나도 아이를 따라 양치질을 하고 있었다. 이때 아이가 동작을 멈추고 할아비에게 한마디를 건넨다.

"하빠, 이렇게 해야지!"

친절하게 할아비 손을 잡더니 허리께에 붙여 준다. 양치질할 때는 한쪽 손을 허리에 대고 하라고 어린이집 선생님이 가르쳐 준 모양이다. 아이는 이렇게 바른 방법을 할아비에게도 전해 주고 싶었던 모양이다.

아이고, 귀여운 녀석!

2015. 7. 18

× 하빠의 육아일기 ×

참 따뜻한 외가(外家)

세종시(市)에 사는 딸은 수시로 전화를 걸어온다. 친정과 떨어져 사는 게 못내 아쉬워서 그런지 무슨 특별한 일이 아니어도 그냥 보고 싶다며 불쑥불쑥 안부를 묻곤 한다. 그래서 누구에게든지 꼭 필요한 일이 아니면 전화하는 것에 인색한 편인 나는 딸의 전화를 받을 때마다 더러 미안한 마음이 들 때가 많다.

특히 제 친정어머니와는 바로 옆에서 이야기하듯 거의 매일 전화로 수다를 떨기도 한다. 어린 시절 학교에 갔다 오면 제 어미 곁에 바짝 붙어 재잘거리던 버릇이 지금도 여전하다. 하는 이야기야 대개 두 아들들 이야기가 주를 이룬다. 때로는 작은 녀석의 귀여운 몸짓을 슬쩍 사진이나 동영상으로 보내기도 한다. 아마도 이런 날은 사진 감상에 대한 소감을 기다릴 것 같아 얼른 답을 해 줘야 한다.

딸은 오래 전부터 큰아이의 방학을 핑계 삼아 친정 나들이에 들떠 있었다. 대학은 벌써 방학이 시작됐지만 연구와 강의로 바쁜 사위는 아이들과 같이 놀아 주지도 못한다. 딸은 이제 교수의 가족으로 이력이 붙어서인지 그런 단란한 가정생활은 다 포기한 채 온전히 두 아이 돌보는 일에만 진력하고 있다.

남편이 시간이 있을 때 자동차로 같이 오면 좋을 텐데 딸은 그걸 기다리지 못하고 기어이 출발했다고 한다. 이 무더운 날 부잡스러운 아이 둘을 데리고 버스를 탔다니 기다리는 친정 부모들의 심사가 편치 못하다.

차에서 내린 딸의 몰골에 가슴이 멘다. 세 살배기 작은 녀석이 차 안에서 얼마나 보채고 울어댔는지 너무도 빤한 정경이 눈앞에 그려진다. 무덥고 답답한 차 안에서 차멀미에 시달렸을 아이도 안쓰럽고 그걸 지켜보며 애태웠을 딸도 불쌍해서 한숨만 나온다.

딸은 고속버스에서 내려 또 택시를 갈아타고 왔단다. 택시에서도 아이는 계속 울어댔다고 한다. 보다 못한 택시 기사는 아이를 위해 굿이라도 해야 하는 거 아니냐며 충고를 하더란다. 혈육의 정이란 이런 것인가? 온갖 불편과 고통을 감내하면서도 기어이 찾아야만 할 가치가 있는 일인가?

이런 어미의 고충을 알 턱이 없는 어린것들은 외가에 닿자마자 태도가 돌변했다. 언제 그런 일이 있었냐는 듯이 생기를 되찾았다.

외할아비의 섣부른 짐작일까? 사실 오래 전부터 아이들은 외갓집을 아주 좋아했다. 우선 마당도 있고 2층도 있는 너른 집이 마음에 들었을 게다. 마음껏 소리 지르고 뛰어다녀도 말리는 사람이 없으니 좋고 더 없이 다정한 외할아버지와 외할머니의 사랑을 온 몸으로 온 가슴으로 느끼니 더할 나위 없을 게다.

대면한 지가 상당히 오래되었지만 아이들은 조금도 그 간격을 느끼지 못한다. 큰 녀석도 그렇지만 세 살밖에 안 된 녀석도 이제 제법 할아비에게 장난을 치며 안긴다.

외손자들이 왔는데 친손녀들이 빠질 수야 없다. 큰 녀석은 집에 들어서자마자 제 외사촌들부터 찾았다. 넷이 어울렸으니 이제 며칠 동안 이 집은 요란스럽게 생겼다. 일곱 살짜리가 둘, 네 살배기가 하나, 세 살배기까지 이렇게 한창 말썽꾸러기들이 모였다. 부잡스러운 아이들을 바라보노라면 어지러울 지경이지만 그래도 사람 사는 맛이 바로 이런 것이 아닌가 싶기도 하다.

외손자들이 머물던 사나흘 동안 우리 집의 일상은 완전히 별세상이었다. 어른들은 일상을 포기하고 그저 아이들의 생활 리듬에 맡기는 수밖에 없었다. 아이들이 나중에 이런 날들을 일일이 기억하지는 않을 것이다. 그렇지만 어렴풋이나마 외가에서 보낸 시절이 참 따뜻했노라고 말할 수 있다면 나는 그것만으로도 족할 것이다.

2015. 7. 29

8월

하빠, 나 어려운 말도 알아요
손녀들이랑 다시 찾아옵시다
유모차를 밀어줄 때가 참 행복했다
공생(共生)
엄마는 안 보고 싶단 말이야!

할머니, 나 어려운 말도 알아요

　휘수네 유치원도 1주일 동안 여름방학을 맞았다. 부모에게 아이들을 맡아 달라고 하기가 미안한 아들네는 방학 기간에도 아이들을 유치원에 보내겠다고 한다. 집에서 아이를 돌볼 처지가 안 되는 집들은 방학 중에도 유치원에 맡기게 되는데 이게 보통 눈치 보이는 일이 아니라고 한다. 몇 안 되는 아이들을 위해 유치원 교사들이 제대로 쉬지도 못하고 출근해야 하니 말이다.

　방학한 뒤에도 처음 이틀간은 아이들을 유치원에 보냈었다. 아이들은 유치원에 가기를 몹시 꺼려했다. 유치원에 갔더니 친구들이 몇명 되지 않아서 재미가 없었고, 또 휘수 같은 일곱 살짜리에게는 선생님이 작은 아이들을 돌보라고 시키는 것도 싫었다고 휘수가 실토했다. 이런 걸 잘 아는데 그냥 두고 볼 수는 없었다. 그래서 아이들을 우리 집으로 데려왔다. 물론 아이들은 유치원에 가는 것보다 훨씬 더 좋아한다.

아이들은 놀아 달라거나 먹을 것을 달라거나 화장실을 들락거릴 때마다 할아비를 찾는가 하면 잔뜩 어질러 놓거나 물건을 망가뜨려서 말썽을 피우기 일쑤다. 삼복더위에 아이들 치다꺼리를 하는 게 힘들고 짜증나는 일이기는 하지만 그래도 내 손자들을 남에게 맡겨 천덕꾸러기가 되게 내버려 둘 수는 없다.

힘이 들다가도 아이들의 노는 양을 바라보면 피로가 싹 가시기도 한다. 휘수가 할미 품에 안기며 한껏 재롱을 피운다.

"할머니! 나 어려운 말도 알아요. 들어보실래요? 아이가 뱃속에 들어 있으면 '임신', 아이를 낳으면 '출산, 그리고 엄마가 아기에게 젖을 먹이면 '수유, 나 잘 알지요?"

"그래, 우리 휘수가 어려운 말도 참 잘 아네! 누가 가르쳐 주었나?"

"선생님한테 배웠어요."

할미는 감탄사를 연발한다.

"아무리 배웠다고 해도 겨우 일곱 살짜리인데 어떻게 그걸 지금까지 기억하고 있을까요!"

유수도 제 언니 못지않다. 잘 놀던 아이가 카세트테이프에 다가가더니 CD를 꽂고 능숙하게 조작을 하니 이윽고 소리가 나온다. 한참을 듣더니 아이가 중얼거린다.

"이게 아닌데… '책임감'을 듣고 싶은데 왜 '인내'가 나오지?"

하는 게 아닌가? 아직 글자를 모르는 아이는 순전히 감으로 CD를 찾았던 모양이다. 아이는 유치원에서 배운 추상적 단어인 '책임감'을 들고 싶은데 딴 것이 나와서 실망스러웠던 모양이다. 우리 손자들은 아마도 언어 감각이 뛰어난 아이들인가 보다. 부디 커서도 지금처럼 영리하고 지혜롭게 살아가기를 빌어 본다.

2015. 8. 3

× 하빠의 육아일기 ×

손녀들이랑 다시 찾아옵시다

올 염천도 지금이 가장 한창 때다. 사람들은 휴가철이라고 산으로 바다로 찾아 나서는데 여행 한 번도 갈 생각을 하지 않고 산골에만 묻혀 사는 자형(姉兄)이 딱하게 보였을까? 그런 자형과 함께 사느라 갑갑하게 지내는 제 누이가 불쌍해서일까? 바깥바람을 쐬고 싶어 안달인 내자가 남동생을 꼬드겼을까? 늘 살갑게 대하는 처남이지만 인연을 맺은 지 40년이 다 되도록 아직도 자형인 나를 어려워하는 구석이 있어, 내 눈치를 살피다 어렵사리 여행 이야기를 꺼냈다.

처남은 병이 깊은 노모까지 모시는 데다 두 아이 대학 보내느라 늘 빠듯한 살림살이여서 나는 이 사람 생각만 하면 마음이 짠해진다. 이런 사람이 아까운 시간과 돈을 들여 가며 누이 부부의 여행시켜 줄 궁리를 했다니 기특하고 고마워서 차마 거절할 수가 없었다.

아직도 가족 부양과 노후 대비로 여유가 없는 생활인데 처남의 이런 배려를 받는 게 어쩌면 은퇴자의 사치인 것만 같아 썩 내키지 않는 일이기도 했다.

처남은 제 누이와 사전에 상의가 있었던지 여행지까지 미리 정해 두었던 모양이다. 언제부터 그곳 사정에 그리도 정통했는지 다도해 해상공원인 통영과 거제의 여행 가이드처럼 술술 잘도 주워 삼킨다. 대학 시절의 전공을 살려 오랫동안 건설회사에서 잔뼈가 굵은 사람이라 전국 곳곳을 전전하며 여러 지역의 풍물과 인심에 제법 박식한 사람이 되었다. 젊은 시절에는 서로가 바빠서 서로를 살펴볼 시간이 그리 많지 않았다. 결혼하자마자 장인이 별세하시는 바람에 졸지에 가장이 된 처남은 당시에 대학 1학년이었다. 나에게는 늘 안타까움과 연민의 대상이던 처남도 이제는 같이 늙어가는 처지가 되고 말았다. 은퇴하고 산골 할아버지로 살아가는 자형이 불쌍하게 보였을까? 처남은 사흘이 멀다 하고 나를 찾아 준다. 그리고 별일이 없어도 꼭 나를 찾아와서 빼놓지 않고 늘어놓는 말이 있다.

"애들 보러 왔어요."

무슨 일로 왔느냐고 물어보지도 않았는데 자진해서 이렇게 말하는 게 습관이 되어버렸다. 그 속에는 손녀들 핑계로 은퇴 이후 외로워할 자형이 보고 싶어 왔다는 말도 들어 있음을 너무도 잘 안다.

날씨는 무더위가 기승을 부리는데 처남은 신이 나서 되도록 한 곳이라도 더 보여 주고 싶어 이리저리 끌고 다닌다. 사람들의 심리란

× 하빠의 육아일기 ×

바로 이웃집이나 이웃 동네의 풍광이나 사람들의 생활상도 궁금해하기 마련이다. 마음먹기에 따라 모든 것이 호기심의 대상이고 볼거리가 될 수도 있다. 그래서 별것 아닌 것 같아도 모두가 다 관광자원이라 할 수 있겠다.

　한려수도의 작은 섬

　'장사도'와 관광 유람선, 젊은 연인들이 즐겨 찾는다는 '바람의 언덕', 남해군의 바닷가에 있는 '독일 마을'의 아류인 '미국 마을', 그림에서나 보았던 '다랑이 논', 동양의 나폴리라 불리는 '통영항', 지금은 사천이라 불리지만 옛 지명이 더 익숙한 '삼천포 항', 우리 현대사의 크나큰 비극인 '거제 포로수용소 기념관', 그리고 귀로에 들른 '화개장터' 등 1박 2일의 짧은 일정 속에 참 많은 곳을 두루두루 둘러보았다.

　사실 내게는 여행 트라우마 같은 게 있다. 잠자리가 바뀔 때마다 지독한 불면증이 어김없이 찾아온다. 밤잠 못 이루고 돌아다니는 여행 내내 몹시 피로감을 느낀다. 그래서 여행 기간이 길어지면 그만큼 더 힘겨운 일이 되고 만다. 또 여행지에서는 어쩔 수 없이 평소보다 기름진 음식을 섭취하기 마련인데 나의 약한 비위가 이걸 견디지 못한다. 그렇다고 티 나게 남다른 모습을 보인다면 일행들의 여행 분위기를 망치게 되므로 내색을 하지 못하고 감추다보면 그 스트레스가 이만저만이 아니다.

　그렇지만 이번 여행은 한마디로 요약하자면 나를 향한 처남의 따뜻하고 눈물겨운 관심과 사랑이었다. 지금은 '세상에서 변치 않는 것은 없다'는 말을 실감하는 시절이다. 더러는 나 스스로 인연들을 정리해 나가기도 한다. 나를 조금이라도 부담스러워하는 인연이라면 과감하게 끊으려고 한다. 그래서 지극히 단순하게 살고 싶다. 사람은 어쩔 수 없는 사회적 동물이라서 외로움을 견디기는 쉽지 않겠지만 여생을 복잡하게 얽혀 가며 살기는 싫다. 마음이 따뜻한 사람 몇 명만 있다면 남은 삶이 그리 외롭지는 않겠다고 생각해 본다.

　남해의 작은 섬 장사도(長沙島)에서 이색적인 남방 식물과 꽃들을 바라보던 내자가 조용히 건네던 말이 가슴을 파고들었다.
　좋은 걸 볼 때마다 맛있는 걸 먹을 때마다 가장 먼저 떠오르는 사람은 내자나 나나 조금도 다르지 않았다. 같이 오지 못한 손녀와 외손자들에게 얼마나 미안한지… 아이들과 떨어져 지낸 하루 만에 또 보고 싶어서 이렇게 한마음이 된다.
　"내년 봄에는 우리 손자들을 데리고 다시 찾아옵시다."

2015. 8. 7

유모차를 밀어 줄 때가 참 행복했다

　겸이의 여름방학을 맞아 친정을 다녀간 지 며칠 지나지도 않았는데 딸은 아비의 생일을 핑계로 또 찾아왔다. 이 무더위에 아이 둘을 데리고 두 시간을 달려온 딸네 식구가 그저 반갑지만은 않은 아비다. 넉넉잖은 살림살이에 잦은 여행으로 드는 비용도 만만치 않을 테고 어린것들에게는 그리 녹록치 않은 여정일 텐데 딸은 걸핏하면 친정 올 핑계거리를 만든다.

　내자는 멀리 보낸 딸이 못내 안타까워 속앓이를 할 때가 많다. 온다는 소식을 듣자마자 외손자들 만날 생각으로 한껏 들떠 있다. 딸네가 도착할 시간을 계산해 보며 몇 번이고 대문 쪽으로 목을 빼고 내다본다. 예정보다 늦어지자 휴대폰 속의 외손자들 사진을 들여다보며 그 허전함을 달래고 있다. 내자는 수시로 손자들 사진을 뚫어지게 바라보며 혼자 웃기도 하고 때로는 애틋함이 묻어나는 표정을 짓기도 한다.

드디어 딸네 네 식구가 등장한다. 씩씩한 두 녀석의 얼굴에 웃음이 그득하다. 세 살배기 담이가 못 본 사이에 부쩍 자랐다. 아이는 외할아비를 만난 반가움을 감추지 않고 얼른 할아비 품에 안긴다. 익숙한 솜씨로 할아비 볼에 뽀뽀하는 것도 잊지 않는다. 아직 지껄이는 건 서툴지만 말귀는 다 알아듣는다.

참 세월의 위력이 무섭다. 더 신기한 건 요 녀석이 외할아비에게 먼저 장난을 걸어온다는 사실이다. 머리를 들이밀고 할아비 가슴에 부딪치는 게 얼마나 귀여운지 모르겠다. 아마 아이로서는 기분이 가장 좋을 때 하는 몸짓이 아닐까 싶다. 또 공을 던지며 같이 놀아 달라고까지 한다.

한참을 잘 놀더니 이번에는 유모차에 다가가서 태워 달라고 한다. 밖에 나가서 놀고 싶다는 것이다. 유모차에 태워 동네를 한 바퀴 돌았다. 아이의 얼굴을 살피니 무척 행복한 표정이다. 아이들이란 다 똑같은가 보다. 우리 겸이랑 휘수랑 유수도 다 이렇게 유모차에 태워 주면 좋아했다. 이 할아비도 손자들의 유모차를 밀어 줄 때가 참 행복해서 좋았다.

나는 언제까지 이런 걸 반복하며 살게 될까?

2015. 8. 9

공생(共生)

　오늘은 휘수의 영어 수업이 있는 날이어서 우리 집으로 데려왔다. 이때마다 늘 따라오던 유수를 오늘은 데려오지 않기로 했다. 유수는 제 언니가 공부하는 데에 끼어들어 곧잘 방해를 놓기 일쑤여서 선생에게도 미안하고 언니의 공부에 지장이 크기 때문이다. 언니와 떨어져 저 혼자 아파트로 돌아갈 아이를 생각하면 마음이 아프지만 어쩔 수 없는 선택이다.

　또 오늘 저녁에는 마침 부부 동반 모임인 향우회가 있는 날이어서 공부가 끝나자 휘수를 제 부모에게 데려다주려 했더니 아이가 기어이 우리를 따라가겠다고 고집을 피운다. 아마 아이는 동생이 없는 할아비 집에서 하루 동안 저 혼자 사랑을 독차지하려는 심산이다. 할미는 이런 아이가 불쌍하고 사랑스러워서 기꺼이 모임에 데려가기로 했다.

잠이 들 때까지 아이는 온갖 어리광을 다 피웠다. 할미도 나도 이런 아이의 뜻을 다 받아 주기로 했다. 아이는 할아비에게 다가오더니 뜬금없는 말을 꺼냈다.

"하빠, 공생이 무슨 말이에요?"

뜻밖의 질문에 할아비가 당황스러웠다. 도대체 아이는 누구에게 이런 어려운 말을 배웠을까? 선생님에게 배웠느냐고 물었더니 바로 대답을 하지 않는다. 나는 잠시 아이의 깊은 속을 헤아려보았다. 아, 바로 그것이로구나! 나는 짐짓 모른 척 무미건조한 대답을 하며 아이의 눈치를 살폈다.

"공생(共生)이란 서로 같은 곳에서 같이 살아가는 거야. 그러니까 가족도 그렇고, 우리처럼 사람이나 개나 고양이, 물고기가 한 집에서 같이 사는 것이란다."

나는 아이가 생각하는 걸 너무도 잘 안다. 며칠 전에 아이는 할미에게 이런 말을 했다고 한다.

"우리 다시 옛날처럼 한집에서 다 같이 살면 안돼요?"

2015. 8. 17

× 하빠의 육아일기 ×

엄마는 안 보고 싶단 말이야

　매주 월요일이면 휘수가 영어 공부를 하는 날이라서 이 날은 아이들이 할아비 집에서 잠을 잘 수 있다. 아이들은 이 날을 손꼽아 기다린다. 그런데 지난주에는 언니 공부에 방해가 된다는 이유로 유수만 떼어 놓고 오는 바람에 유수가 그렇게 오고 싶어 하는 할아버지 집에 데려오지 않았다. 그래서 아들 내외는 한 주 내내 작은아이의 원망을 들어야 했다고 한다.

　한 주를 거르는 바람에 할아비를 기리는 아이의 마음은 큰 상처를 입었을 게다. 철모르는 아이의 가슴에 그런 아픔을 주는 일을 다시 해서는 안 되겠다. 할미도 나도 얼마나 미안하고 가슴이 아팠는지 모른다.

　두 주일 만에 할아비 집에서 자게 된 녀석은 전보다 훨씬 더 어리광을 피운다. 이제 다시는 할아비와 절대 떨어지지 않겠다는 결심을 굳

혔나 보다. 할아비 곁을 잠시도 떠나지 않는다. 지금 헤어지면 영영 못 만날 것처럼 할아비를 감시하는 눈길이 매섭다. 아이는 늘 할아비 곁에 바짝 붙어 있다. 틈만 나면 포대기를 들고 와 할아비 등 뒤로 향한다. 이건 업어 달라는 또 다른 의사표시다. 아이를 업은 할아비는 아이로부터 떨어질 수가 없음을 아이는 너무도 잘 알기 때문이다.

저녁 무렵·아비가 아이들을 데리러 왔다. 큰아이는 마지못해 제 아비를 따라 나서는데 작은 녀석은 막무가내로 버티며 안 가겠다고 떼를 쓰는 바람에 도리 없이 할아비 집에 놓고 갔다. 아이의 하는 양을 지켜보던 할미가 아이의 마음을 떠보느라 장난을 친다.

"유수야, 이제 엄마 집에 가야지?"

그러자 아이는 앙칼지게 대든다.

"나는 절대 엄마 집에 안 갈 거야. 하빠 집에서 살 거야! 엄마는 안 보고 싶단 말이야!"

아이는 가라는 할미의 말이 싫은지 얼른 할아비 품으로 달려든다. 이 불쌍한 것을 어찌해야 할까?

"유수야, 오늘은 하빠랑 같이 자자 응?"

"하빠, 오늘은 언니도 없으니까 하빠 침대에서 할머니랑 같이 자요? 유수가 할머니랑 하빠 사이에서 자면 되잖아요?"

"그래, 그것 참 좋은 생각이다."

일찍 불을 끄고 아이를 안고 누웠다. 할아비 품으로 파고드는 아이의 입에서 전혀 엉뚱한 말이 튀어나왔다.

"하빠, 우리 선생님은 다른 친구들만 돌봐 주고 나는 안 도와줘요. 나는 그게 참 싫어요."

"그건 유수가 다른 친구들보다 말도 잘 듣고 뭐든지 잘해서 그런 거야. 다른 친구들은 잘 못하니까 선생님이 도와주시는 거야. 그러니까 서운하게 생각하지 말아야지?"

"아니야, 선생님은 나를 미워하는가 봐!"

아, 말 잘하고 생각이 앞서가는 아이가 지금 친구들을 시샘하는구나! 담임선생을 만날 때마다 내게 하던 말이 생각난다.

"유수는 더 신경 쓸 일이 없어요. 친구들에 비해 말도 월등하게 잘하고 대소변도 잘 가리고 말썽도 피운 일이 없거든요. 이런 아이들만 있으면 제가 할 일이 별로 없겠어요."

내일 선생님을 만나 이 이야기를 들려주며 아이에게 더 관심을 가져 달라고 부탁해야겠다. 열흘도 넘게 할아비가 보고 싶어 마음 아파했을 아이가 짠해서 자는 얼굴을 몇 번이고 쓰다듬고 또 쓰다듬는다.

2015. 8. 24

9월

유전자의 재발견
애들아, 너희들 부럽지?
나는 밤이 싫어요
우리 담이 참 커엽지요?
하루 종일 걸었더니 배가 고파 죽겠네!

유전자의 재발견

언제부턴가 아이들과 만나는 날은 매주 월요일 즉, 일주일에 한 번으로 묵계가 이루어져서 별일이 없으면 아이들은 이날에만 할아비 집을 찾아온다. 잠시도 할아비를 안 보면 생병이 나고 마는 어린것들인데 한 주일을 참으려면 얼마나 힘들까? 짠한 마음에 속이 편할 리가 없다.

오늘은 토요일이지만 작은아이의 성화에 못 이겨 아비가 데리고 나타났다. 아이들은 참았던 정을 더 쌓으려는 듯 할미 할아비 곁에 찰싹 달라붙어 떨어질 줄을 모른다. 내자도 나도 아이들을 바라보기만 해도 웃음이 피어오른다. 사는 게 너무 복잡하고 답답해서 가슴에 늘 뭔가 맺힌 것이 떠나지 않지만 아이들만 보면 잠시 모든 시름을 잊곤 한다. 생각하면 할수록 운명적인 인연이 애틋하게 다가온다.

마음이 여려서 뭐든지 동생에게 양보하는 생활에 익숙해진 휘수는 가슴에 서러움이 그득하다. 동생이 할아비를 독차지하고 할아비 곁을 지키고 있는 걸 바라보던 휘수가 끝내 훌쩍거리고 만다. 동생이 없던 때는 할아비가 다 제 차지였는데 욕심 많은 동생에게 세상에서 제일 좋아하는 할아비를 빼앗긴 게 못내 서운하고 서러운 모양이다. 아이의 하는 양을 바라보는 할미의 눈가에 물기가 서린다.

"할머니 할아버지는 세상에서 우리 휘수가 제일 예뻐! 유수는 두 번째로 예쁘고…"

자주 듣는 말이기는 하지만 이런다고 아이의 마음이 누그러질 수 있을까?

유수는 말이 훨씬 더 늘어서 못하는 말이 없을 정도다. 잠이 들 때까지는 쉬지 않고 재잘거리는 아이가 재미있어서 말을 붙여 본다. 물론 아이는 어른들과의 대화에서 한 치도 밀리지 않는다.

"유수야, 너 이거 알아?"

"하빠는? 저 이미 다 알고 있거든요."

얼굴에 웃음을 머금고, 마치 '나를 우습게 보지 마세요?'라고 하는 것 같다.

그림 그리기를 좋아하는 제 언니를 따라 자연스레 작은아이도 곧잘 그림을 그린다. 요즘 잘 그리는 소재는 주로 사람의 얼굴이다. 아이는 그림을 그릴 때마다 할아비에게 보여 주며 '하빠의 육아 일기'에

실어 달라고 주문하는 걸 빼놓지 않는다. 아이의 그림이 재미있다. 머리털부터 눈썹과 눈, 코, 귀, 입까지 구색을 잘 갖춰 그린다.

그런데 아이의 그림이 조금 이상해서 물었다.

"유수야, 그런데 왜 눈을 한쪽만 그렸지?"

할아비의 물음에 얼굴색도 변하지 않고 능청스럽게 대꾸가 날아온다.

"하빠는 윙크하는 것도 몰라?"

이쯤이면 또 할아비가 야무지게 한 방 먹은 셈이다. 또 유수는 아이 치고는 특별히 군것질을 잘 하지 않지만 그래도 제일 좋아하는 과자는 초콜릿이다. 아이가 할미에게 하는 말이 얼마나 재치가 번뜩이는지 터져 나오는 웃음을 참을 수가 없다.

"할머니, 손 내봐?"

할미가 손을 내밀자 아이는 입에서 아몬드를 꺼내 할미 손에 쥐어 준다. 아몬드에 초콜릿을 입힌 과자였다. 아이는 초콜릿만 먹고 그 속에 든 아몬드는 뱉어내는 것이다. 그러면서 한마디를 더 보태는데 할미도 할아비도 배꼽을 쥐고 넘어지고 말았다.

"할머니, 이거 좋아하지? 몸에 좋은 거야, 먹어 봐!"

우리 집안 '유전자의 재발견'감이다.

2015. 9. 4

애들아, 너희들 부럽지?

며칠 전 낯선 전화 한 통을 받았다. 모르는 전화를 받으면 그리 반갑잖은 기분이 들어서 찜찜한데 손자들이 다니는 유치원의 원장이라 한다. 아이들에게 무슨 일이라도 생긴 것일까? 이내 의문은 풀렸지만 담임교사도 아닌 원장이라니 잠시 긴장하지 않을 수 없었다.

전화의 요지는 며칠 뒤 할머니 할아버지들과 함께하는 '동화 읽어주기'라는 프로그램이 있을 예정인데 참석해 달라는 것이다. 누구를 위한 일인데 감히 거절할 수가 있겠는가?

바로 오늘이 그 약속을 한 날이다. 유수 또래인 4살짜리들을 상대로 하는 구연동화이니 그 수준에 맞추자면 무슨 책이 좋을까? 상당히 난해한 숙제를 주문 받은 기분이다. 어린아이들이니 너무 긴 시간을 한다면 지루할 테고…

적당한 걸 고르다 최종적으로 낙착을 본 책이 '꼬마 검둥이 샘보'라는 책이다. 아프리카의 어린이 '샘보'가 주인공인데 엄마가 새로 만들어 준 옷을 입고 숲속 친구들에게 자랑을 하려고 정글에 들어갔다가 벌어진 일이 담겨 있다. 결말은 샘보가 호랑이들을 만나 입고 있던 옷과 구두와 양산까지 다 빼앗겼는데 그 물건을 가진 호랑이들이 자신이 가진 물건이 가장 좋다고 서로 다투다 스르르 녹아 버터가 되었고 샘보 가족이 그걸 가져와 맛있게 먹었다는 내용이다.

동화들이 대개 그렇듯이 시간과 공간도 넘나들고 사람과 동물 사이에도 대화가 통하는 물활론적(物活論的) 사고가 판을 치는 세상의 이야기다. 현실과 가상의 세계가 뒤엉킨 황당무계한 이야기지만 아이들이 귀를 쫑긋할 만한 것으로 부족하지는 않을 게다. 무엇보다도 할머니도 아닌 할아버지가 들려주는 이야기여서 아이들의 관심을 더 샀는지도 모른다.

유치원 측에서는 나에게 각별히 고마워했다. 여러 사람을 초청했으나 오늘 교육 프로그램에는 오직 나 혼자만 참석했으니까. 특히 우리 유수에게는 다시없는 자랑거리가 되었을 게다. 그렇잖아도 아이는 친구들에게 하빠 자랑을 많이 했었는데 오늘 그걸 실제로 증명해 보였으니 기세가 등등할 밖에. 당초에는 유수네 반만 하려고 했던 게 일이 더 커져서 두 반을 더 맡기는 바람에 거절할 수도 없었다. 반을 옮겨 다닐 때마다 우리 유수가 안내를 자청하고 나섰다. 책을 읽어주는 사이에도 아이는 할아비 곁에 꼭 붙어서 할아비를 뚫어져라 지켜봤다.

나는 아이의 얼굴에서 아이의 마음을 훤히 들여다보았다.

'너희들 봤지? 이 분이 우리 할아버지야. 우리 할아버지는 늘 이렇게 동화책을 읽어 주신다? 그리고 내가 해 달라는 건 다 들어주신다? 너희들 부럽지? 부럽지?'

2015. 9. 16

나는 밤이 싫어요

일주일 만에 다시 할아비 집을 찾아온 아이들은 올 때마다 엉뚱하고 새로운 말을 쏟아내는 바람에 할미 할아비를 깜짝깜짝 놀라게 만든다. 이건 단순한 놀라움만이 아니다. 그 행간에는 반드시 가슴을 뭉클하게 만드는 깊은 뜻이 담겨 있다.

휘수는 훨씬 전부터도 이미 아이답지 않게 직설적인 표현보다는 에둘러서 언어를 구사하는 능력이 탁월했다. 요즘 들어 부쩍 더 그 의미가 깊어진 걸 느끼곤 한다. 일곱 살이란 이렇게 생각이 여물어 가는 나이인가 보다.

"나는 밤이 싫어요. 밤이 되면 또 하루가 지나가버리잖아요?"

아이는 지금 무슨 말을 하고 싶어서 이럴까? 이 밤이 지나고 내일이면 떠나기 싫은 하빠 집에서 나가야 한다는 사실이 싫어서 그럴 게다. 아, 어린 것이 또 늙은 할아비의 울음보를 건드리고 만다.

이제 겨우 일곱 살 어린것의 가슴에 이런 아픔을 심어 준 할아비의
죄과가 너무 크고 무겁다.

2015. 9. 21

우리 담이 참 귀엽지요!

　시집간 딸들의 친정에 대한 애틋한 사랑이 대개 그렇듯이 내 딸도 역시 조금도 다르지 않은가 보다. 세종시로 이사 간 뒤로 딸은 친정 생각이 더 간절해졌던 게다. 큰아이가 방학이라서, 남편이 휴가라서, 친정 아비 생일이니까, 친구를 만나러 등등 이유는 얼마든지 댈 수 있다. 틈만 나면 구실을 만들어 친정을 찾아오려고 한다. 아직 추석이 며칠 더 남았는데 이번에도 일찌감치 찾아왔다. 직장에 나가야 하는 남편 걱정보다는 친정에 오고 싶은 마음이 더 앞서는지 아이 둘을 데리고 버스 편으로 달려왔다.

　하긴 눈치를 많이 살펴야 하는 시댁보다야 친정이 훨씬 더 편하고 대접받는 곳이겠다. 세상이 많이 달라지기는 했어도 돌아보면 여인네들의 삶이란 태어나서 자란 친정 부모와 같이 지내는 기간이 그리 많지는 않게 마련이다. 열세 살 때부터 홀로 고향을 떠나 살아가는 나는 누구보다 그 심정을 잘 이해하는 편이라 생각한다. 그래서 친정을 찾아오는 딸을 볼 때마다 더욱 안쓰럽다. 그리 서둘러 결혼하지 않았다면 제가 원하던 학자의 길에 들어서서 활달하게 사회생활을 하고 있을지도 모른다. 또 부잡스러운 두 아들 녀석들에게 저렇게 시달리지도 않을 텐데… 제 꿈을 접고 남편과 두 아이 뒷바라지하느라 평범한 아줌마가 되어가는 걸 그저 지켜보기만 하자니 아비 마음에도 그 아쉬움이 자꾸 고개를 내민다.

딸은 한 동네에서 살 때는 걸핏하면 친정 어미를 호출하곤 했다. 멀리 이사한 뒤로는 힘겨울 때마다 그걸 온전히 홀로 삭여야 하게 되었으니 친정 생각이 얼마나 간절할까? 밤만 되면 유난히 까탈을 부리며 제 어미를 괴롭히는 둘째 녀석 때문에 오늘밤 잠이나 온전히 자고 있는지?

언젠가부터 꼭 딸의 얼굴과 겹쳐 떠오르는 녀석들이 생겨났다. 떼려야 뗄 수 없는 애틋한 내 혈육 말이다. 닮은 것 같지 않으면서 어쩔 수 없이 나를 닮아버린 외손자들이다. 이제는 독한 마약처럼 중독이 되어버렸다. 하루에도 몇 차례씩 휴대폰 속의 그 녀석들을 들여다보며 다시 만날 날을 손꼽아 기다린다.

한창 크는 아이들이란 못 본 사이에 부쩍 자라서 세상이 참 빠르게 변해 가는 걸 실감하게 만든다. 세 살배기 담이는 이제 제법 말귀를 알아듣고 외할아버지에게 장난까지 걸어온다. 아이가 유모차에 다가가더니 밖으로 나가자고 조른다. 할아비가 밀어 주는 유모차에 올라

동네를 한 바퀴 돌았다. 제 형이나 외사촌 누나들이 그랬던 것처럼 아이의 얼굴에 함박웃음이 피었다. 내자는 벌써 몇 번씩이나 같은 말을 반복하며 감탄을 쏟아 놓는다.

"우리 담이 참 귀엽지요!"

2015. 9. 24

× 아빠의 육아일기 ×

하루 종일 걸었더니 배가 고파 죽겠네!

어른 아이 할 것 없이 기다리고 기다렸던 추석도 이제 막바지다. 손녀들은 어제 모처럼 대전의 외가에서 하룻밤을 지내고 돌아오기가 무섭게 또 할아비를 찾아왔다. 아이들은 단 하루인데도 할아비와 같이 자지 못한 것을 투덜댔다고 한다.

유치원에 가지 않는 날이면 아이들은 어김없이 일찍 잠에서 깬다. 일곱 시도 안 되었는데 휘수가 벌써 일어나 할아비를 찾아 이 방 저 방을 기웃거린다. 마침내 서재에서 글을 쓰는 나를 발견하더니 웃음을 머금고 달려든다. 자연스럽게 할아비 무릎에 올라앉아 글 쓰는 걸 봐야겠다고 말한다. 이건 이제 그만 글을 쓰고 저와 같이 놀아 달라는 애교임에 틀림없다. 글쓰기를 접고 아이와 거실로 나왔다.

"너 또 아침 일찍부터 텔레비전 보려고 그러지?"

"아니에요. 오늘은 텔레비전 안 볼 거예요."

"웬일이야? 너 다른 꿍꿍이가 있구나?"

"그런데요 하빠, 오늘 한옥마을 가요?"

"거기 가서 뭘 보고 싶니?"

"그냥 다 보고 싶어요."

"그래, 그럼 아침밥 먹고 가 보자."

오늘은 유치원이 쉬는 날이어서 아이들과 하루 종일 같이 지내려면 몹시 지루할 것 같아 은근히 신경이 쓰이던 차였는데 한옥마을 나들이는 참 무방한 일이다 싶었다. 마침 내자는 이번 추석에 휘수의 한복을 사 주지 못한 것이 못내 아쉬웠는데 잘 됐다며 크게 반가워한다.

아이가 부쩍 자라서 작년에 사 준 한복이 다리 위로 달랑 올라붙고 말았다. 몇 번 입어 보지도 못한 한복이 두 벌이나 된다. 이건 자연스레 작은아이 몫이 될 것이다. 작은 녀석은 아직 어려서 제 언니가 입던 헌옷을 보고도 새 옷을 얻어 입은 것처럼 마냥 들떠 있다. 큰아이에게 동생에게는 비밀로 하라고 일러두는 것도 잊지 않았다. 작은아이가 나중에 커서 다 알게 될 일이지만 우선은 이렇게 감춰 두어야 할 비밀이다.

혹시 눈치 빠른 작은아이가 서운해할까 봐 얼른 화제를 돌렸다. 옷가게에는 마침 앙증맞은 인형들도 진열돼 있어서 작은아이에게 인형을 사 주겠다고 꼬드기자 아이는 얼른 분홍색 양 인형을 골랐다. 보들보들한 촉감이 마음에 드는지 꼭 껴안고 손에서 놓을 줄을 모른다. 그러더니 저만 인형을 갖기가 미안한지 할아비에게 조른다.

"쌍둥이처럼 언니 인형도 하나 사 줘야지!"

네 살 동생의 고운 마음이 그지없이 예쁘다. 이런 아이 애교에 넘어가지 않을 수 없어 언니 몫도 하나 더 사 줘야 했다.

한복도 사 주고 인형까지 안겨 주었는데도 아이들의 발걸음이 시장에서 좀체 움직이지 않는다. 아이들의 눈썰미를 어른들은 도저히 따라갈 수 없는가 보다. 언제 보아 두었는지 기어이 주스와 어묵 파는 가게로 끌고 간다. 우리도 어릴 때 익히 경험했듯이 시장에서 어린 아이들이란 쇼핑하는 것보다는 먹는 재미가 훨씬 더 컸지 않던가?

이제 본격적으로 한옥마을 나들이에 나섰다. 남천교 다리 위에 놓인 커다란 정자에 올라 한옥마을을 조망하며 마을을 설명해 주었다. 그런데 아이들은 거의 건성으로 흘리는 눈치다. 아이들은 그런 것 따위에는 별로 관심이 없는 듯 딴전을 피운다. 급기야 큰아이의 입에서 전혀 엉뚱한 불만이 터져 나오고 말았다.

"하루 종일 걸었더니 배가 고파 죽겠네!"

여기에 온 지 겨우 30분도 안 됐는데 이게 무슨 소린가? 눈치 없는 어른들은 이제야 겨우 아이의 속내를 알아차렸다. 애초부터 아이들은 한옥마을 구경이 목적이 아니었던 게다. 동행하던 아이의 어미가 한 말을 듣고 나니 더욱 확실해졌다. 아이는 며칠 전에 텔레비전에서

한옥마을을 소개하는 방송 중 멋진 아이스크림 가게를 보고 거기에
마음이 꽂혔던 것 같다고 했다.

2015. 9. 29

× 하빠의 육아일기 ×

10월

들켜버린 비밀

딸네 집 나들이

또 기다리는 마음으로

우리 할아버지한테 인사해야지!

들켜버린 비밀

태극기를 게양할 때면 최대한 경건하게 마음을 가다듬는다. 오늘은 한글날이자 우리 집 장손인 휘수의 생일이기 때문이다. 이제껏 10년 넘게 이 동네에서 살고 있지만 이날 태극기가 걸리는 건 우리 집 말고는 없다. 원주민들이야 워낙 나이든 노인들이 대부분이라서 그렇다 치더라도 식자층의 무심함에 씁쓸함을 감출 길이 없다. 윗집인 치과 집도, 건넛집인 건설회사 회장 집도, 아래 골짜기 교수 집도, 새로 이사 온 선생 집도 다들 한글날에는 아예 관심이 없는 모양이다.

오늘 아침 일찍, 아들 내외와 손녀들은 제주도를 향해 떠났다. 이미 오래전부터 계획한 여행이라 벼르고 벼른 끝에 찾아온 기회다. 휘수는 제 생일을 손꼽아 기다리며 남은 날을 헤아리곤 했다. 제주도 여행이 휘수에게는 뜻깊은 생일 선물이 될 것이다. 그래서 조촐한 가

× 하빠의 육아일기 ×

족 생일 파티는 어젯밤 미리 치렀다.

생일 파티도 마치고 다음날 아침 일찍 떠날 여행을 위해 빨리 집으로 돌아가자는 말에도 유수는 제 부모를 따라가지 않겠다고 버텼다. 다른 아이들 같으면 처음 타 보는 비행기 여행에 설레기도 하련만 저는 비행기 타는 것도 싫고 여행 따위는 좋아하지도 않는다는 심산이다. 여행을 가면 오로지 할아비와 같이 지내지 못할 것이 걱정거리인 모양이다. 제 부모들이 어르고 달래서 겨우 제 집으로 데려갔다.

10시쯤이면 비행기가 출발한다고 했는데 잘 도착했는지, 처음 타는 비행기라 멀미라도 하지 않는지 마음이 놓이지 않는다. 나많은 이가 졸갑스럽게 먼저 전화를 걸기도 썩 내키지는 않았다. 마음 졸이며 기다리는데 휘수가 영상 전화 화면 너머로 밝게 웃는다. 잘 도착했고 재미있다며 한껏 들뜬 목소리다. 작은애는 잠이 들었다고 한다. 아침에 너무 일찍 깨서 피곤한 모양이다.

불과 하루도 안 지났는데 녀석들 생각이 머리를 맴돈다. 지금은 그 놈들이 세상에 나와서 할아비와 가장 멀리 떨어져 지내는 시간이다. 하루 종일 손녀들 생각을 달고 지내는데 저녁 무렵 휴대전화에 이상한 그림이 하나 떴다. 그림을 바라보는 할미와 내 얼굴에 함박웃음이 피어올랐다.

어느 방송 뉴스 화면인데 거기에는 내 손녀들 얼굴과 함께 '노벨문학상 수상자 신휘수 신유수'라는 자막이 선명하게 씌어 있었다. 물론 아들 녀석이 장난삼아 합성한 사진이다. 이건 언젠가부터 이 할아비의 가슴에 고이 숨겨 오고 있는 간절한 꿈이자 비밀이기도 하다.

아이가 만 세 살도 안 되던 어느 날 지었던 시(詩) '비와 꽃과 할아버지'를 가만히 중얼거려 본다.

'비야 비야 많이 내려라…중략…천둥 번개 혼내 주게'

나는 그날부터 이 소중한 꿈의 씨앗을 뿌렸고 고이고이 키워 오고 있다. 그런데 오늘 아들 녀석에게 아비의 큰 비밀을 들켜버리고 말았다. 이런 걸 이심전심(以心傳心)이라 하던가?

2015. 10. 9

× 하빠의 육아일기 ×

딸네 집 나들이

언제부터일까? 10월이 되면 시집간 딸 생각이 더욱 애틋해진다. 큰손녀 생일의 열흘 뒤인 10월 19일은 딸의 생일이다. 세종시로 이사한 뒤에 두 번째 맞는 생일이다. 생일이 다가와서 그러는지 내자는 요즘 들어 부쩍 딸이 보고 싶다고 한다. 그래서 내자는 진즉부터 딸의 생일에는 꼭 찾아가겠다고 벼르고 있었다. 그런데 그날을 앞당겨 가야 할 일이 생기고 말았다. 마침 큰아이의 유치원에서 학부모를 상대로 교육이 있는데 집을 비우는 동안 작은아이를 돌봐 달라는 부탁이 온 것이다.

내자는 핑계 김에 더 반기는 표정이다. 아비가 빠지면 딸이 서운해할까 봐 나도 동행하기로 했다. 자동차로 1시간 반이면 닿을 수 있는 거리지만 딸네 집 가는 길이 말처럼 그리 쉽지만은 않은 게 현실이기도 하다. 내자는 딸과 사위와 외손자들 만날 생각에 바리바리 많이도 챙긴다. 값으로 따지면 몇 푼 안 되지만 아비의 정성도 보탠다. 텃밭에 나가 아직 덜 자란 무도 뽑고 가지도 따고 홍시도 몇 개 얹어 주섬주섬 꾸러미를 꾸렸다.

시집간 딸이 잘 사는지 마음 졸이다 모처럼 딸네 집을 찾아가는 친정 부모들의 심정이 이랬을까? 그 옛날 우리 조상님들이 해 오던 버릇대로 나도 어느새 그렇게 닮아가고 있는지 모른다.

이런 외할애비 마음을 알 리가 없는 개구쟁이 외손자들이지만 함박웃음으로 반겨 주니 온갖 시름이 다 달아나는 것 같다. 단 걸 좋아하는 큰 녀석이나 아직도 어미젖을 빠는 작은 녀석이나 둘 다 이빨이 다 썩어서 웃는 모습이 더욱 장난스러워 보인다.

엊그제까지만 해도 마치 원숭이 새끼처럼 제 어미 팔에 매달려 어미를 힘들게 하던 작은 녀석도 이제 제법 달라졌다. 밤마다 울어대는 통에 제 어미를 괴롭히던 버릇도 많이 줄어들었단다. 아이들이란 느긋하게 바라보며 때를 기다려야 한다는 교훈을 새삼스레 되새겨 보게 된다.

암, 그래야지!

남들이 다들 부러워하는 명문 대학의 대학원까지 마친 딸이 장하고 기특해서 아비는 딸이 박사까지 되고 제 꿈을 맘껏 펼치기를 바랐다. 그런데 서둘러 결혼을 했고 연달아 아이들이 생겨나는 바람에 그 꿈을 미루고 사는 딸이 볼수록 안타깝고 안쓰럽다. 아비가 부자가 못 돼서 그 뒷바라지를 제대로 못해 준 것만 같아 미안하고 속이 상하

× 하빠의 육아일기 ×

다. 언제쯤이면 외손자들이 철이 들고 제 어미를 좀 편하게 해 줄 수 있을까?

2015. 10. 15

또 기다리는 마음으로

만난 지 며칠이나 됐다고 또 딸이 나타났다. 세종시에서 전주까지 오는 직행버스는 하루에 딱 한 번밖에 없는데 딸은 부잡스러운 두 아들까지 데리고 그 번거로움을 무릅쓰고 기어이 친정을 찾아왔다. 아이들의 유치원까지 빼먹는 걸 보면 친정이 몹시도 그리웠던 모양이다. 남편이 쉬는 날 같이 오든지 하지 그걸 못 기다리고 달려온 것이다. 그 마음을 탓할 수도 없지만 딸이 아는 이 하나 없는 객지에서 마음 둘 데가 없어 그러려니 하고 넘기자니 애잔한 마음을 가눌 길이 없다.

외가에 들어서자마자 큰 외손자 겸이는 휘수부터 찾는다. 아직 말이 서툴기는 하지만 작은 외손자 담이도 외할애비를 만난 게 즐거운 모양이다. 얼굴 가득 기쁨이 넘치는 표정이다. 그러더니 마당 한 구석의 물고기를 찾는다. 꼬꼬이, 꼬꼬이 하면서.

말은 잘 안 되지만 외가에 오면 물고기가 있다는 걸 기억하는 녀석이 신통하다. 아이는 이제 만 23개월인데 그 사이에 이렇게 큰 변화가 생겼다니 새삼스레 세월이란 참 무섭다는 걸 실감한다.

외손자들이 머무는 2박 3일이 정신없이 흘러갔다. 그 작은 녀석들이 온 집안의 풍경과 생활 패턴을 온통 바꾸어버렸다. 요 녀석들의 등장으로 친손녀들도 우리 집에 주저앉아 아예 제 집으로 돌아갈 생각을 하지 않았음은 물론이다. 네 녀석들은 온 집을 헤집고 쏘다니며 온갖 것들을 간섭하고 망가뜨리고 어질러 놓았다. 우리 내외만 있으면 평소에 절간이나 다름없는 집 안인데 손자들이 들이닥치면 난장판이 따로 없을 지경이다.

아이들이 다 돌아간 지금까지도 그 녀석들의 시끌벅적하던 그 소리가 귀에 아득히 남아 있다. 잔뜩 흐트러진 장난감 등속을 치우면서 떠난 녀석들의 얼굴이 떠오르고 늙은 얼굴에도 웃음이 피어오른다. 언제 또 보게 될까 기다리는 마음을 숨길 수 없다.

2015. 10. 24

우리 할아버지한테 인사해야지!

어제는 휘수의 영어 수업이 있는 월요일이었다. 그러니 이날은 아이들이 제 부모들 눈치 안 보고 할아비 집에서 지낼 수 있는 날이다. 물론 잠까지 자고 가야 아이들 기분을 맞춰 줄 수 있다. 아이들은 이날을 손꼽아 기다리겠지만 할미는 드센 작은아이 치다꺼리하느라 난색을 표한다.

"귀엽고 예쁘긴 한데 아이의 어리광이 너무 심해서 힘들어 죽겠어…"

더 큰 문제는 언니가 공부할 때 작은 녀석이 기를 쓰고 언니 곁에 붙어 있으려 한다는 것이다. 조용히 앉아 있기만 하면 좋겠는데 유수는 꼭 참견을 하며 끼어드는 통에 수업을 제대로 진행할 수 없게 만든다. 그래서 늘 선생과 언니를 난처하게 만들기 일쑤다. 그러니 어른들은 두 아이를 떼어 놓으려고 애를 쓸 수밖에 없다. 오늘은 할미

　　　　　　　　　　　× 하빠의 육아일기 ×

가 작은아이를 미장원에 데려가서 머리 손질을 시키기로 해서 겨우 겨우 떼어 놓았다.

미장원에 다녀온 할미는 미장원에서 벌어졌던 일을 털어놓았다. 기다리는 동안에도 아이가 쉴 새 없이 떠들어대니까 사람들의 시선이 모두 아이에게 쏠렸단다. 몸집은 작은 녀석이 하도 말을 잘하니까 사람들이 이구동성으로 묻더란다.

"아이가 다섯 살인가요, 여섯 살인가요?"

할미가 네 살이라고 하자 사람들이 더 놀라더란다. 말이 너무 유창해서 차마 네 살이냐고 물을 수가 없었던 모양이었다.

어제는 아침부터 오후까지 모처럼 인부들을 동원해서 소나무 가지 치기도 하고 정원수들을 손질했다. 내가 솜씨가 없으니 일꾼들의 힘을 빌리기는 했지만 그들이 잘라 놓은 잔가지를 치우는 일은 내 몫이 될 수밖에 없다. 오랫동안 밀린 숙제를 한꺼번에 해치운 것 같아 마음이 홀가분하다. 덥수룩하던 머리를 이발한 것처럼 개운해서 좋긴 한데 평소에 하지 않던 무리한 노동 탓인지 온몸이 쑤시고 통증이 밀려온다. 아무래도 오늘은 아이들을 데리고 지내기가 힘들 것 같아 저녁 무렵 아이 부모에게 데려가도록 했다.

큰놈은 별 말 없이 잘 따라가는데 작은 녀석이 울고 불며 버티는 바람에 한바탕 홍역을 치렀다. 우는 아이를 내보내고 나니 할아비 몸이 편하자고 아이를 울린 것 같은 자책 때문에 마음이 더 아프고 무겁다. 곁에 있는 내자도 우는 아이가 마음에 걸리는지 내일은 꼭 아이들을 데려와야겠다고 중얼거린다.

오늘은 아침 일찍 눈을 뜨면서부터 아이들 걱정이 시작된다. 아이들이 하원하는 시간이 되자 한달음에 어린이집으로 달려갔다. 작은 아이가 2층 교실에서 내려올 때까지 기다리는데 한 무리의 유수 또래 아이들이 옹기종기 모여 집에 갈 버스를 기다리고 있다. 마침내 할아비를 발견한 유수가 환한 얼굴로 달려와 품에 안긴다. 데리러 오겠다는 약속이 없던 차에 나타난 할아비가 반가워서 감격하는 모습이 역력하다.

아이는 할아비의 등장에 득의만만해서 제 친구들에게 한마디를 날린다.

"애들아, 우리 할아버지한테 인사해야지!"

아이들은 유수의 호통을 듣고 얼떨결에 인사를 건넨다.

"유수 할아버지 안녕하세요?"

유수는 제가 평소에 자주 쓰는 '하빠'라는 호칭 대신 할아버지라고 말했다. 이건 분명히 아이의 깊은 뜻이 담긴 구분이다. '하빠'라는 호칭은 저만 쓰는 말이고 다른 아이들은 함부로 써서는 안 되는 소중한 말로 인식하고 있는 게 틀림없다.

2015. 10. 27

11월

하빠는 왜 앉아 있어요?

허락도 없이 내 침대에 올라오면 어떻게 해?

육아 일기에 넣어 주세요

하빠는 왜 앉아 있어요?

화장실로 들어가려는데 휘수가 뒤따라온다.

"너 왜 따라오지?"

"그냥…"

아이는 머쓱한 표정으로 돌아선다. 화장실 변기에 앉아 있는데 문 밖에 인기척이 들린다. 그러더니 슬며시 화장실 문을 여는 녀석이 있었다. 물론 휘수였다.

"너 또 왜 왔어?"

"하빠 지금 뭐 해요?"

"하빠 오줌 누는데 왜 자꾸 화장실을 기웃거리는 거야?"

할아비의 질책에도 딴전을 피우며 엉뚱한 대꾸를 한다.

"그런데 하빠는 왜 앉아 있어요?"

"응, 앉아서 쌀 수도 있는 거야. 요 녀석!"

웃음보가 터지고 말았다. 아이가 갑작스럽게 묻자 얼결에 그렇게 대답했더니 아이는 그게 궁금해서 확인을 해 보고 싶었던 모양이다. 아이는 평소에도 왕자님들은 서서 오줌을 싸고 공주님들은 앉아서 싼다고 말하곤 했었다.

그리고 보니 바로 며칠 전에도 비슷한 일이 있었다. 작은 녀석도 제 언니와 똑같이 할아비 뒤를 따라와 똑같은 질문을 한 적이 있었는데…

2015. 11. 5

허락도 없이 내 침대에 올라오면 어떻게 해!

아이들이 할아비 집을 찾아올 때마다 제 집으로 돌아가려면 한바탕 큰 홍역을 치르곤 하는데 요즘은 그 강도가 훨씬 심해져서 아이들과 씨름을 하자면 힘에 부친다. 제 아비 어미의 야단치는 목소리가 아무리 높아져도 아이들은 조금도 아랑곳하지 않고 버틴다. 끝내 어른들이 두 손을 들고 만다. 특히 작은 녀석은 도저히 말릴 수가 없는 지독한 고집쟁이다.

작은 녀석이 할아비에게 전화를 걸어 달라고 하면 그 성화에 당해 낼 재간이 없단다. 전화기 너머로 아이의 또랑또랑한 목소리가 할아비를 찾는다.

"하빠, 하빠 집에 가도 되지요?"

"그럼, 되고말고. 우리 유수가 하빠를 많이 보고 싶어 하는구나!"

"그것 봐! 하빠가 오라고 하잖아?"

아이는 하빠 승낙을 받았다며 쐐기를 박는다. 아이 말에 할아비가 거절하지 못한다는 걸 아이는 너무 잘 알고 있다.

오늘은 일요일이지만 기어이 할아비 집을 찾아왔고 꼭 자고 가야겠다며 주저앉아 버렸다. 거실 바닥뿐만 아니라 안방 침대 위에도 장난감을 잔뜩 늘어놓고 시위를 벌인다.

밤 10시가 넘도록 아이들은 소꿉놀이에 정신이 팔렸다. 이윽고 언니가 눈을 비비고 안방 침대로 다가와 가만히 할아비 곁에 눕는다. 그러나 아까부터 언니의 동태를 살피고 있던 작은 녀석이 냉큼 달려와 기어이 언니를 쫓아내고 말았다.

"내 침대에 허락도 없이 올라오면 어떻게 해?"

동생의 날카로운 한마디를 들은 언니 눈에는 눈물이 고이면서 끝내 울음을 터뜨리고 말았다.

"하빠 침대는 원래 내 자리였는데 유수가 빼앗아버렸어…"

쫓겨난 언니는 울먹이며 할미에게 하소연을 하고 할미는 두 녀석들이 모두 안쓰럽다고 말한다.

"드센 동생이나 늘 밀리기만 하는 언니나 불쌍한 저것들을 어떻게 하면 좋아…"

2015. 11. 15

육아일기에 넣어 주세요

소꿉장난을 하다 시들해지면 아이들이 꼭 치르는 행위가 하나 있다. 그림 그리기. 오늘도 어느새 둘이 책상에 마주앉아 그림을 그리고 있다. 언니의 그림 실력은 이미 정평이 나 있지만 요새는 동생의 솜씨가 일취월장이다. 대개 언니의 그림을 모방하는 수준이기는 해도 네 살치고는 제법 괜찮은 편이다. 아이의 그림을 볼 때마다 할미는 흐뭇한 표정으로 혀를 내두르곤 한다.

아이의 단골 소재는 주로 사람의 얼굴이거나 애니메이션 '바다탐험대 옥토넛'에 나오는 잠수함이다. 그런데 아이의 그림에는 재미있는 특징이 있어 보는 이의 웃음을 자아낸다. 분명히 사람의 얼굴인데 코가 없기도 하고 한쪽 눈이 없다. 왜 눈이 없냐고 물으면 아이는 윙크를 하며 대답을 대신한다. 왜 코가 없느냐고 하면 대답 대신 얼른 코를 그려 넣는다. 이럴 때 둔감한 할아비는 아이의 심리를 얼른 헤아

× 하빠의 육아일기 ×

리지 못해 고개만 갸우뚱할 수밖에 없다.

바다 풍경도 아주 세밀한 편이다. 잠수함에는 잠망경이나 스크루도 빠뜨리지 않은가 하면, 유리창도 달려 있고, 주변에는 물고기와 해초도 꼼꼼하게 등장한다. 아이의 관찰력과 상상력이 참으로 불가사의하다는 생각을 감추지 못한다.

'참 잘 그렸다'는 칭찬을 듣자 아이들은 한껏 들떠서 제 기분을 숨기지 않는다.

"하빠의 육아 일기에 넣어 주세요."

이렇게 모은 그림이 책 한 권에 담을 분량을 훨씬 넘어버리고 말았다. 부디 커서도 이런 고운 꿈과 희망을 잘 간직하고 살아가기를 할아비는 간절히 빌어 본다.

2015. 11. 30

12월

천사의 노래 1

 아이들이 응가나 쉬를 할 때마다 할아비를 찾는 건 오랜 습관으로 굳어졌다. 그래서 아이들과 할아비가 자연스레 같이 화장실로 달려간다. 우리 가족 중에 이 성스러운 행사에 초대받은 사람은 나 말고는 아무도 없다. 혹시 할미나 어미가 이 일을 대신하려 했다가는 곧바로 아이들의 제지를 받고 머쓱해지고 만다.

 아이들이 일을 마칠 때까지 할아비는 곁에서 지켜보다 뒤처리가 마무리 되고 난 뒤에야 화장실에서 나올 수 있다. 그때까지는 꼼짝없이 아이들에게 붙들려 요놈들이 쉴 새 없이 재잘거리는 소리를 귀담아 들어줘야 한다. 아이들이 변을 보는 건 생중계되기 때문이다.

 아이들에게서 부끄러워하거나 어색한 기색은 전혀 찾아볼 수 없다. 주로 아이들의 똥 색깔이나 모양과 크기 등이 화제에 오르는데 이건 아이들의 건강 상태를 살피는 아주 좋은 척도이기도 하다.

이때 할아비는 귀찮다는 생각보다는 듣기 좋은 노래를 듣는 것처럼 기분이 맑아진다. 그런데 오늘 아침에는 참으로 뜻밖의 광경이 벌어져서 할아비를 감동의 도가니에 빠뜨리고 말았다. 작은 녀석의 입에서 똥을 주제로 한 멋진 노래 한 자락이 흘러나왔다. 그것도 조금의 망설임이 없이 지극히 자연스럽게 말이다. 할아비는 이걸 두고 이른바 '응가 송'이라는 제목을 달아 보았다.

응가 송(頌)

응가 응가 배가 아파요
응가 응가 한 덩이 쌌어요
응가 응가 두 덩이 쌌어요
응가 응가 닦아 주세요

−2015. 12. 5 신유수 작(44개월)

이건 바로 천사의 노래가 아닌가!

2015. 12. 5

언니의 재판(再版)

매년 연말쯤이면 유치원의 학예 발표회가 열린다. 이날을 위해 어린것들은 한 달도 넘게 연습을 한다. 농악과 아이들의 고함 소리가 산골에 메아리치는 늦가을이면 또 한 해가 저물어 가는 걸 실감하곤 한다.

이번은 휘수의 마지막 유치원 생활인데다 유수가 처음으로 발표회에 나서는 해라서 더욱 의미가 있을 듯하다. 큰놈이야 워낙 무대 체질이어서 끼를 발산하는 멋진 장이 펼쳐지겠지만 제 언니만큼 몸이 따라 주지 못하는 작은놈이 과연 어떤 모습을 보일지 걱정스럽고 궁금하다.

휘수는 집에 돌아와서도 연습하는 걸 자주 보여 주지만 유수는 한사코 그걸 감추려고 했다. 한 번 해 보라고 주문을 해도 제 솜씨를 잘 드러내지 않아서 아이의 어미는 의구심을 드러냈다.

과연 저것이 제대로 해낼 수 있을까, 혹시 어떤 아이들처럼 무대에서 울음이라도 터뜨려서 망신이나 사지 않을까 식구들의 걱정도 커졌다. 그렇지만 아이의 잠재력을 철석같이 믿는 할아비는 별로 개의치 않는다. 단언컨대 아이는 잘해낼 수 있으리라. 엉뚱하고 발랄한 녀석의 재기(才氣)를 나는 확신한다. 또 녀석에게는 아주 가깝고도 뛰어난 롤 모델이 있지 않은가?

어른들의 우려를 아는지 모르는지 아이들은 전혀 주눅 드는 기색도 없이 씩씩하기만 하다. 무대화장과 의상이 신기한지 자꾸 거울을 들여다보며 온갖 표정을 지어 본다. 오히려 어른들이 더 긴장하는 것 같아 부끄럽기까지 하다.

드디어 무대가 열린다. 역시 큰 녀석은 능수능란한 솜씨로 어른들의 기대를 만족시켰다. 이제 너무도 자연스럽고 당연한 결과지만 다들 흡족한 표정을 감추지 못한다. 과연 작은 녀석은 어떤 모습일까? 가족들의 관심이 온통 이에 쏠린다.

드디어 등장한 작은손녀. 열댓 아이 배우들 중에서도 단연 눈에 들어오는 아이 하나. 생애 처음 무대에 서는 녀석. 보는 이들의 가슴이 더 떨린다. 음악이 나오고 이윽고 아이가 움직인다. 부모도 조부모도 처음 보는 아이의 춤사위에 가슴을 졸인다.

아, 이건 정녕코 언니의 재판(再版)이다. 그러면 그렇지! 나의 예측이 적중했다. 바보 할아비의 눈에는 분명히 그렇다.

그래, 내 손녀 참 많이 자랐구나!

2015. 12. 6

× 하빠의 육아일기 ×

귀여운 거짓말

　일요일 오후. 기다리고 기다리던 녀석들이 나타났다. 밝은 표정의 작은놈은 경사진 돌계단을 가볍게 올라서며 하빠를 부르는 목소리에 기쁨이 넘쳐난다.

　"하빠, 유수 왔어요!"

　감기가 심한 큰놈은 어미 등에 업혀 어리광을 피워댄다. 어찌된 일인지 요새는 거꾸로 큰놈이 더 어린애처럼 군다. 동생에게 빼앗긴 사랑에 대한 시샘 때문일 게다. 할아비가 얼른 다가가 녀석을 안아 주었다. 물론 아이에 대한 사랑이 조금도 식지 않았음을 보여 주려는 할아비의 특별 배려다.

　며칠 전엔 큰아이의 취학 통지서를 받았단다. 아이의 아비는 그걸 보고 기분이 참 묘하더라고 했다. 아들놈도 이제야 조금씩 철이 들어가는 징조일까? 어쨌든 세월이 참 빠르게 흘러간다. 앞니가 다 빠져서 영 딴판이 된 아이지만 할아비 눈에는 그마저도 귀여워 보이기만 한다.

손녀들이 언제까지 이렇게 할아비에게 매달릴지 모르지만 제 스스로 내 품을 떠나는 날이 반드시 찾아올 테지. 그때까지는 지금처럼 아낌없이 사랑을 쏟아 주리라. 아이들은 할아비 집에만 오면 낙원이 따로 없다는 듯 익숙한 행태를 보인다. 아이들은 집 안 어디에 무엇이 놓여 있는지 정확히 찾아낸다. 특히 저희들에게 필요한 장난감이나 도구들은 찾는 데는 가히 귀신의 경지라 할 만하다. 가지런히 정리정돈 되어 있는 장난감통을 쏟아내서 소꿉놀이에 빠져든다. 놀고 난 뒤에는 늘 정리정돈을 잘 해야 한다고 타일러도 단 한 번도 지켜진 적이 없다. 심지어 작은아이는 당연하다는 듯이 이렇게 말하곤 한다.

"정리정돈은 하빠가 해야지!"

결코 미워할 수 없는 아이의 생떼에 하빠는 할 말을 잊어버린다. 아이들이 돌아가고 나면 정리정돈은 늘 내 차지다. 장난감을 치우면서 나는 아이들의 재잘거리는 소리와 웃음소리를 듣는다. 장난감이 거울이 되어 그 속에서 아이들의 얼굴을 들여다본다.

저녁 무렵, 아이의 아비가 작은 아이에게 타이른다.

"이제 그만 우리 집으로 돌아가야지?"

"안 가! 안 갈 거야!"

"그러면 하빠한테 승낙을 받아 와야지?"

이 말에 아이는 쪼르르 할아비에게 다가온다. 제 딴엔 할아버지라

면 언제든지 제 편을 들어주리라고 믿기 때문에 자신 있게 달려온 것
이다.

"하빠, 하빠 집에서 자도 되지요?"

아이의 태도가 귀엽고 재미있어서 할아비가 장난을 걸어 본다.

"안 돼!"

그러자 아이는 다시 제 아비에게로 뛰어가서 결과를 털어놓는다.

"아빠, 하빠가 자고 가라고 했어."

귀여운 거짓말. 요 녀석 좀 보소!

2015. 12. 13

천사의 노래 2

아이들은 어제에 이어 오늘도 할아비 집에서 지내고 있다. 덩달아 아이의 부모들과도 같이 저녁을 먹었다. 직선거리로 1킬로미터 안인 한 동네에 사는 탓에 작은 구실만 생겨도 자연스레 우리 집으로 모인다. 그러니 1주일에 3, 4일 이상은 같이 식사를 한다. 이 대부분은 아이들이 핑계다. 좋아도 싫어도 이런 끈끈한 매개체가 있으니 모이지 않을 수가 없다.

저녁을 먹은 아들 내외는 내일 아침 일찍 출근해야 하니까 초저녁에 저희들 집으로 돌아갔고 아이들은 다시 할아비 집에 남았다. 아니, 아이들은 제 부모들이 되도록 빨리 돌아가기만을 바란다. 작은아이는 늘 입버릇처럼 말한다.

"나는 엄마 아빠가 젤 싫어!"

심지어 오늘 작은아이는 묻지도 않은 말까지 늘어놓으며 할아비 집에 남게 된 것에 안도했다.

"엄마 아빠가 나를 때렸어요."

제 부모가 있는 집으로 가지 않으려는 이유를 강조하다 보니 너무 앞서가고 말았다.

"어디를 때렸는데?"

"머리도 때리고 등도 때리고 엉덩이도 때렸어요."

"언니야, 엄마 아빠가 정말로 유수를 때렸니?"

"아니요, 유수가 말 안 들어서 벌세웠어요."

제 부모 편을 들어주는 큰 녀석의 임기응변도 참 가상하다.

아이들이 유치원에서 돌아오면 일기장을 검사하는 건 늘 할아비 몫이다. 오늘 유치원에서 무슨 일이 있었는지, 무얼 배웠는지, 특히 낮잠은 잘 잤는지가 할아비의 가장 큰 관심사다. 낮잠을 안 잤다면 쉬이 잠자리에 들 수 있지만 자고 왔다면 잠들기까지 한참을 아이에게 시달려야 하기 때문이다.

오늘은 낮잠을 잘 잤다고 씌어 있는 걸로 보아 아이를 재우려면 무척 힘깨나 들게 생겼다. 아니나 다를까 아이는 초저녁부터 동화책 세 권을 들고 와서 읽어 달라고 보챘다. 책만 읽어 주면 자겠다는 약속을 지킬 리가 없다는 걸 알면서도 할아비는 또 보기 좋게 당해 준다. 책을 다 읽어 주고 나서 자자고 전깃불을 꺼버리자 아이는 얼른 거실에 있는 할미에게로 향한다.

"너 잔다던 약속 안 지키고 어디로 가는 거야?"

"할머니가 뭘 하는지 궁금해서…"

할아비의 핀잔 따위에는 조금도 개의치 않고 아이는 도망치듯 거실로 달려 나갔다.

아이는 10시가 넘도록 자지 않고 거실과 안방을 들락거렸다. 낮에 일을 많이 한 할미는 피곤하다며 일찍 잠자리에 들었고, 감기에 시달리는 언니도 일찍 누웠지만 작은 녀석은 잠을 안자고 뒤척인다. 불 꺼진 깜깜한 방에 누운 채로 할아비도 일부러 모른척하며 아이가 잠들기를 기다려 보는데 아이는 좀체 잠을 이루지 못한다.

노래도 불러 보고 오늘 낮에 어린이집에서 공부했던 걸 복습하느라 어두운 방 안에서 천정에다 대고 열심히 중얼거린다. 그렇다고 옆에 누운 할아비를 깨우기도 미안한지 선뜻 말을 걸어 보지도 못하는 눈치다.

손자들이 생긴 뒤로 나는 단 한 번도 아이들보다 먼저 잠자리에 들어 본 적이 없다. 아이들이 잘 자는지 걱정스럽기도 하고 또 아이들의 하는 양이 궁금해서다. 이럭저럭 시간이 한참 지난 것 같은데 아이가 조심스레 할아비를 흔들며 목소리를 낮춘다.

"하빠, 똥 마려워요."

"너 혼자 화장실에 가면 되잖아?"

"무서워요. 하빠가 같이 가 줘야지!"

아이의 볼멘소리를 듣자 할아비는 금방 짠한 마음에 휩싸인다. 꼬마전구만 켜진 희미한 방 안에서 조심스레 아이를 업고 화장실로 달려갔다. 어쩌나 보려고 할아비가 슬쩍 장난을 건다.

"이제 너 혼자 응가해라. 하빠는 졸려서 자러 가야겠다."

"안 돼! 하빠가 손을 잡아 줘야지!"

혹시 화장실에 혼자 남게 될까 봐 걱정이 되는지 정색을 하는 아이의 두 손을 꼭 잡고 응가를 복창해 주었다. 자정이 다 된 한밤중에 똥 싸는 아이를 응원해 주고 있는 할아비의 꼴이 참 우습기도 하다.

흔히들 화장실은 세상에서 가장 편안한 공간이라고 한다. 나 혼자만 간직하고 싶은 비밀스러운 곳이라는 말이기도 할 것이다. 아이는 제 비밀까지도 할아비에게는 편히 털어놓을 수 있다고 생각하는지도 모른다.

한술 더 떠 아이는 노래까지 부른다.

"노래를 부르면 응가가 더 잘 나오지, 응?"

연달아 터져 나오는 아이의 번뜩이는 재치와 애교는 또 할아비를 옴짝달싹하지 못하게 만들어 버렸다. 이 어린것이 한밤중에 할아비를 고생시키는 게 미안한지 할아비를 위로하려 들다니…

"그런데요. 하빠 머리가 반짝반짝하네?"

"왜 그럴까?"

"저기 저 네모(천정에 달린 네모난 유리 전구를 가리키는 말이다)에 반사돼서 그러잖아?"

희끗희끗한 할아비의 머리카락을 이르는 말인 것 같은데 '반사'라는 어려운 용어까지도 서슴없이 구사하는 녀석이 귀여워 죽겠네.

"아가, 반사가 뭐야?"

"응, 반짝반짝 빛이 나는 거잖아?"

아이의 말솜씨는 일취월장을 거듭해서 할아비 가슴을 벅차게 만든다. 며칠 전에는 또 이런 유식한 말도 늘어놓았다.

"하빠, 한 가지 규칙이 있어요. 횡단보도를 건널 때는 화살표 두 개를 밟고 지나가요."

이 말을 들으니 땅에 찰싹 달라붙은 듯 키 작은 꼬마가 두 손을 앙증맞게 들고 길을 건너가는 모습이 떠올라 가만히 웃음을 머금어 본다.

심야의 화장실에서 할아비와 같이 있어 신이 난 아이는 너스레를 떨고 할아비는 그 뜻을 다 받아 주고 있다.

"그런데 하빠, 나 응가 노래 불러 볼게. 잘 들어 봐?

응가 응가 배가 아파요

응가 응가 한 덩이 쌌어요

응가 응가 두 덩이 쌌어요

응가 응가 닦아 주세요

응가 응가 씻겨 주세요

응가 응가 도망가세요."

며칠 전에 제가 지었던 노래에다 뒷부분 두 소절을 더 보탠 것이다. 아이는 배가 아파 화장실로 달려가는 모습으로 시작해서 응가를 하는 장면과 할아비가 엉덩이를 닦아 주고 씻겨 주는 장면, 그리고 냄새가 나니까 도망가라는 말까지 하는 여유를 부리며 그 과정을 차례대로 정확히 연상하고 있지 않은가?

이런 녀석을 귀여워해 주지 않을 할아버지가 세상 어디에 또 있을

까? 할아비는 아이를 꼭 안아 주었다. 제 언니 못잖은 감수성에 재기
(才氣)까지 갖췄으니 가슴 떨리는 일이다. 할아비 눈에는 어느새 눈물
이 고이고 말았다. 쉬이 잠 못 드는 밤이다. 어쩌다 요런 녀석이 내
게 왔을까!

2015. 12. 14

큰 시름 하나를 덜었지 뭐예요?

휘수는 앉는 자세가 매우 불안해 보인다. 허리를 새우등처럼 구부리고 앉는 버릇이 좀체 고쳐지지 않는다. 그러니 진득하게 앉아 있지 못하고 안절부절못하거나 몸을 비틀기 일쑤다. 저런 자세로 유치원이나 학교에서 눈치를 받지나 않을지 염려가 되지 않을 수 없다. 이대로 방치하다 나중에 돌이킬 수 없는 지경이 되지나 않을까 불안감이 엄습해 왔다.

하도 걱정이 돼서 한 2년 전쯤 병원에 데려가서 진찰을 받아 본 적이 있었다. 그때 의사는 초기 척추측만증이라는 진단을 내렸는데 의사도 확실한 치료법을 제시해 주지 못했다. 그래서 그때부터 지금껏 걱정을 키워 오고 있었다. 너무 어린아이에게 교정 치료를 하는 게 부작용이 생길 수도 있다는 조언들도 많아 선뜻 받아들일 수도 없어 망설이다 발레를 통한 교정 효과에 기대를 걸어 보기로 했었다.

× 하빠의 육아일기 ×

처음에는 아이도 발레에 흥미를 갖고 열심히 하는 것 같더니 언제부터인지 일곱 살 아이가 감당하기에는 체력적으로 조금 무리인 듯 보였다. 발레 학원을 다녀온 날이면 아이가 유독 힘에 부치는 모습이었다. 한창 자유롭게 지내야 할 시기에 너무 이른 사교육에 혹사시키는 건 아닌지 아이에게 미안한 마음이 들 때가 많았다. 과연 발레로 효과가 있을지 반신반의하면서 더 확실한 진단을 받아 봐야겠다고 벼르고 벼르다 오늘에야 겨우 그걸 결행했다.

종합병원에 데려가서 사진을 찍어 본 결과가 의외로 만족스럽다.

의사 말에 의하면 전보다 확실히 좋아졌다며 조금만 조심하면서 꾸준히 발레를 해 보라는 충고를 했다. 우리 집의 큰 짐 하나를 던 셈이다. 어린것이 힘든 과정을 잘 참아내며 얻어낸 값진 결과물이다.

가족 모두가 낭보로 받아들이며 얼굴이 활짝 퍼졌다. 할미는 친지들에게까지 이 기쁜 소식을 자랑하느라 열을 올린다. 생각할수록 흐뭇한지 벌써 몇 차례나 같은 말을 반복했다.

"우리 휘수 허리가 좋아졌다니 큰 시름 하나를 덜었지 뭐예요?"

2015. 12. 29

1월

예쁜 아가들이 먹을 거니까
소문 들으셨어요?
뭣이 달라지겠어?졸업 여행
내일 또 썰매 태워 줄 거지요?
하빠 집에서 자주 잘 수도 없겠네…

예쁜 아가들이 먹을 거니까

지금 유치원과 어린이집은 열흘 동안의 겨울방학 중이다. 이마저도 아이들은 너무 짧다고 느낄 테고 어른들에게는 길고 긴 기간이 될 것이다. 유치원에 가지 않는 날이면 아이들은 어김없이 하빠 집에서 지내야 한다. 아이들이야 늘 보고 싶은 하빠와 실컷 같이 놀 수 있으니 더 신나는 일이지만 할아비와 할미는 하루 종일 요놈들에게 매어 지내느라 외출도 할 수 없고 훨씬 더 제약이 많은 생활을 감수해야 한다.

아이들 눈높이에 맞춰 놀아 주는 것도 쉬운 일이 아니고 수시로 응가나 쉬를 돌봐 주는 것도 만만치 않은 일감이다. 더구나 식사 때마다 붙들고 밥을 먹이는 일이 여간 힘이 드는 게 아니다. 입이 짧은 아이들은 조금만 색다른 음식을 보아도 아예 입에 대지 않으려고 피해 다닌다. 안 먹겠다고 투정 부리는 아이들을 달래고 어르느라 어른들

× 하빠의 육아일기 ×

도 제대로 밥을 먹을 수가 없다. 아이 먹이는 틈틈이 쫓기듯 한술씩 떠먹는 식사라서 소화불량에 걸릴 지경이다.

한창 자랄 아이들에게 균형 잡힌 식단을 짜는 게 얼마나 중요한 일인가? 아이들 먹이는 일에 각별한 신경을 쓰는 내자가 간식거리라도 먹이고 싶어 외출에 나서며 아이들에게 주문을 받는다. 지난가을부터 계속 비가 내려 과일이나 채소 값이 너무 올라 걱정을 하면서도 할미는 비싸지만 딸기를 꼭 사 먹이고 싶었나 보다. 영양가도 있고 무엇보다 아이들이 별로 거부감을 갖지 않는 과일이기 때문이다.

"애들아, 딸기 먹고 싶지 않니?"

그러자 큰 녀석이 점잖게 한마디를 건넨다.

"할머니, 예쁜 아가들이 먹을 거니까 예쁘고 맛있는 걸로 달라고 하세요."

그렇잖아도 하는 짓마다 귀여워서 어쩔 줄 모르는데 이렇게 예쁜 말만 골라서 하는구나. 과일 가게로 달려가는 할미의 낯에 웃음꽃이 활짝 피었다. 할미는 아이들 먹이고 입히고 가르치는데 쓰는 돈이라면 조금도 아까울 게 없단다.

2016. 1. 3

소문 들으셨어요?

　며느리가 근무하는 학교에서는 방학 기간에 초등학생들을 상대로 원어민 강사가 지도하는 영어 교육과정을 개설했다고 한다. 요즘은 원어민 강사가 그리 낯설지 않게 여겨지는 존재가 되었고 그들에게서 직접 교육을 받고 싶어 하는 게 영어를 배우는 사람들의 공통적인 바람일 것이다.

　며느리의 직장에서는 교사 상당수가 아이를 가진 엄마들이라서 모이면 화젯거리가 주로 자녀 교육 이야기라 한다. 제 자식을 남보다 잘 가르쳐 보려는 욕망은 교육 현장에 있는 교사들이라고 예외일 수는 없겠다. 동료들에게서 각종 교육 정보를 넘치도록 보고 들은 며느리는 늘 선행 학습의 유혹에 취약한 모습을 보이곤 해서 걱정스러운 면이 많다.

　마침 어떤 교사가 며느리더러 손녀를 그 교육에 데려가 보라는 제

안을 했다는데 단조로운 방학 생활에서 색다른 체험이 될 것 같아 망설이지 않고 선뜻 응낙을 했다고 한다.

그러니까 우리 아이는 아직 유치원생이어서 정식 학생은 아니고 일종의 청강생격인 셈이다. 또래도 아니고 네댓 살씩 더 먹은 언니 오빠들 틈에서 과연 제대로 수업에 적응하리라고는 애초에 기대할 수도 없었다. 수업의 분위기나 조금 경험해 보는 말 그대로 견학 수준이면 좋겠다는 가벼운 마음뿐이었다.

그런데 세상에는 미처 예기치 못한 일이 생겨서 사람들에게 신선한 파격을 선사하는 경우도 종종 있게 마련이다. 마치 야구 경기에서 대타자가 홈런을 치거나 축구 경기에서 교체 투입된 선수가 골을 넣었을 때처럼 말이다.

아침부터 시작된 교육이 저녁 무렵에야 끝났다며 어미가 아이를 데려왔는데 아이는 차에 타자마자 깊은 잠에 빠져들었다고 전한다. 처음 참가한 상급 학교 수업에 나름대로 긴장했던지 일시에 피로가 몰려왔던 모양이다.

집에 들어온 아이 어미의 얼굴은 벌겋게 상기되었고 목소리도 몹시 떨리는 게 확연하다. 오늘 수업에서 화제의 인물은 단연 휘수였다고 한다. 어린것이 수업 내용을 거의 이해할 뿐만 아니라 원어민 강사와도 대화가 자연스럽게 이루어졌다는 것이다. 강사와 학생들은 물론 참관한 사람들도 깜짝 놀랐다고 한다.

대부분의 학생들이 아직은 수업에 대한 이해도가 약하고 막상 원어

민 강사와의 대화에는 자신감이 현저히 떨어져 다들 피하기 급급한
데 반해 휘수는 조금도 위축되지 않고 영어 회화를 자연스럽게 구사
하더라는 것이다. 흔히 '무식해서 용감하다'는 말도 있지만 아이는 제
가 아는 짧은 토막 영어를 최대한 동원했는지도 모른다. 어쨌든 부끄
럼 타지 않고 외국인을 상대한 것만 해도 대단한 용기가 아닌가? 원
어민 강사도 너무나 신기한지 더 어려운 질문을 하면서 아이를 테스
트했는데 아이의 언어 구사 능력에 찬탄을 금치 못하며 내일 또 데려
오라고 당부를 하더라고 했다.

휘수는 아직 유치원생이어서 집에서도 영어를 강요한 적은 없었
다. 나는 선행 학습을 그리 달가워하지 않는 편이다. 어린아이들이
너무 일찍 알아버리면 나중에 자칫 흥미를 잃게 될 수 있겠기에 그걸
경계하는 것이다. 한마디로 나의 교육 방침은, '강요가 아닌 최소한
의 자극으로 자발적인 학습 효과를 노리는 것'이다.

그래서 1주일에 한번씩 30분 정도 회화 위주의 영어를 가르쳤고 유
치원에서 배운 초보적인 상식이 조금 있을 뿐이다. 이 할아비는 전문
가가 아니지만 평소에 사용하는 단어를 한자나 영어로 바꿔보게 하
는 것도 괜찮은 학습 방법이라 여겨 자주 활용하고 있다. 그리고 잘
못 사용하는 언어는 바로바로 시정시켜 주는 것을 습관화하였더니
아이들은 아주 잘 따라 주고 있다.

아마도 아이는 언어 구사 능력에 탁월한 감각을 타고난 것 같다.
우리 집안의 유전적 요인이 대체로 그런 편이라고 믿는다. 밤이 되자
잠에서 깬 휘수가 할미에게 전화를 걸어 왔는데 대뜸 건넨 한마디는

더욱 걸작이었다.

"할머니, 소문 들으셨어요?"

오늘 낮에 학교에서 벌어졌던 이야기를 말하려는 것이다. 저를 칭찬하는 어른들의 떠들썩한 분위기에 휩싸여 저도 그때의 흥분이 채 가라앉지 않는 모양이다.

이런 일들을 겪을 때마다 할아비는 마냥 즐거워할 수만은 없다. 지금 이렇게 총명한 내 손자들이 나중에도 계속 잘 성장할 수 있도록 그 뒷받침을 잘해 주어야 한다는 사명감으로 가슴이 떨린다. 이 사명을 제대로 실천하지 못한다면 나는 사는 보람을 느끼지 못하게 되리라.

2016. 1. 5

뭣이 달라지겠어?

　우리 집 안방을 처음 들여다보는 사람들은 아마도 상당히 의아한 눈으로 바라볼 게다. 어른용 침대와 어린이용 침대가 나란히 붙어 있으니 침대들이 방에서 차지하는 면적이 압도적이다. 그러나 처음부터 방 안이 이렇지는 않았다.

　전에는 큰 침대 하나만 놓여 있었고 이 침대는 우리 부부와 휘수 이렇게 셋이 사용했었다. 그런데 아이의 잠버릇이 워낙 고약해서 자다가 침대에서 떨어지는 게 걱정이 돼 아이용의 침대를 따로 하나 더 마련한 것이다. 물론 아이는 작은 침대에서도 떨어지는 일이 잦아 침대 주변에는 이불과 베개 등으로 안전장치를 더 해 두어야 안심이 됐다.

　그럭저럭 잠잘 때의 걱정거리를 어느 정도 해결했는가 싶었다. 그런데 문제는 그 이후에 새로 생겨났다. 큰아이가 여섯 살이고 작은 아이가 세 살 무렵이었다. 그 전까지 안방은 늘 우리 부부와 큰 아이 차지였는데 어느 날부터인지 그 틈을 작은아이가 비집고 들어오더니 아예 자리를 차지하고는 제 언니를 밀어내고 말았다. 한마디로 '굴러온 돌이 박힌 돌을 몰아낸 꼴'이다. 그래서 큰 침대는 할아비와 작은아이가 차지하고, 좁고 작은 침대에서는 할미와 큰아이가 자는 것으로 낙착을 보게 된 것이다.

작은아이는 악착같이 할아비 곁을 사수하면서 할미나 언니가 얼씬도 못하게 눈을 부라리며 경계를 한다. 혹시라도 이들이 큰 침대에 다가오면 발로 차거나 밀어버리며 앙칼지게 쏘아댄다.

"하빠는 내 짝이야! 할머니나 언니는 안 돼! 저리 가!"

큰아이는 빼앗긴 침대를 바라보며 볼멘소리로 중얼거린다.

"원래 하빠 옆은 내 자리였는데 유수가 빼앗아 버렸어…"

이렇게 작은아이의 태도가 워낙 완강하다 보니 좁은 침대에서 불편한 잠을 자는 게 늘 불만인 할미나 언니지만 달리 어찌 해 볼 엄두도 못 내는 지경이다.

"언니야, 오늘은 하빠 옆에서 자도 돼."

뜻밖의 말이 믿기지 않은지 언니가 슬며시 동생의 눈치를 살핀다. 그리고 조심스레 하빠 곁으로 다가온다. 이게 얼마만인가? 언니는 동생이 지켜보는 가운데 가만히 하빠 품에 안겨 본다. 그리고 껄끄러운 동생을 향해 말을 붙여 본다.

"유수야, 언니 정말 하빠 옆에 자도 돼?"

"응, 자도 돼!"

이제껏 단 한 번도 제 자리를 양보해 본 적이 없던 작은아이가 오늘은 웬일일까? 너무도 낯선 장면에 어이가 없는지 할미의 입에서 한마디가 새어 나온다.

"유수 너, 얼마나 오래가는지 어디 한 번 두고 보자!"

아, 이제 아이가 정말 달라진 걸까? 무슨 조화인지 참으로 알쏭달쏭하기만 하다. 전깃불을 끄고 잠을 청하는 동안 온갖 생각들이 머릿속을 떠돈다. 이런 변화도 아이가 커가는 징조일까? 큰 아이는 지금 할아비 품에서 과연 안도하고 있을까? 아니 어쩌면 이 안도감이 혹시 깨지지나 않을지 더 불안해하고 있는 건 아닐까?

그런데 역시 또 다른 반전은 오래지 않아 찾아오고 말았다. 어느 틈에 작은아이가 할아비와 언니 사이를 갈라놓고 말았다. 장난기를 잔뜩 머금은 녀석은 할아비 배 위로 올라오더니 슬그머니 언니를 밀어내는 것이다. 큰 녀석도 이걸 예감했다는 듯이 가만히 작은 침대로 밀려 내려감으로써 짧은 꿈에서 깨어나고 말았다.

곁에서 시종일관 아이의 동태를 살피던 할미의 얼굴에도 희미한 웃음이 피어난다.

"그러면 그렇지, 뭣이 달라지겠어?"

2016. 1. 11

졸업 여행

오늘은 휘수가 유치원 졸업 여행을 하는 날이다. 이제 한 달 남짓이면 유치원 생활도 끝난다. 돌아보면 참 애환도 많았다. 제 어미가 직장 생활을 하게 되는 바람에 만 두 살도 안 돼서 어린이집에 들어갔고 그로부터 5년이라는 세월이 흘렀다.

한동안은 등원할 때마다 마음 편히 간 날이 별로 기억나지 않을 만큼 아이는 마음을 잡지 못해 식구들의 애를 태우기도 했다. 이제껏 사랑을 독차지하다 동생의 등장으로 어른들의 관심이 소홀해졌다고 느낀 아이는 얼마나 갈등이 심했던가? 또 분가로 조부모와 떨어져 지내는 것에도 얼마나 힘들어했던가?

세월이 약이란 말이 딱 들어맞은 걸 실감한다. 아이는 온갖 시련을 잘 견뎌내고 오늘 이렇게 예쁘게 자랐다. 공부도 생각도 참 많이 깊어졌다. 언어 구사 능력도 출중하고 그림이나 춤 같은 예능에도 범상치 않은 소질을 보였다.

휘수는 친동생뿐만 아니라 저보다 나이 어린 아이들을 정성껏 보살피는 심성이 고운 아이다. 또 무엇보다 가족의 소중함을 잘 지키고 싶어 하는 어른스러운 아이여서 가끔 흔들리는 할아비 마음을 깨우쳐 주기도 한다.

어젯밤에 벌어졌던 해프닝이다. 졸업 여행은 금산사(金山寺) 옆에 있는 눈썰매장에서 하루를 보내기로 했다고 한다. 딸의 추억 여행을 위해 아비는 퇴근길에 방수가 잘 된다는 방한 바지를 사 왔다. 식구들은 한결같이 아이가 좋아할 것이라고 믿었는데 정반대로 아이의 반응이 싸늘해서 다들 의아해했다.

"왜 마음에 안 들어?"

다들 걱정스러워서 물어보는데 아이의 표정이 점점 더 어두워지더니 끝내 울음을 터뜨리고 말았다.

"애야, 이렇게 멋진 옷을 입고 오는 아이는 아무도 없을 거야. 아빠가 제일 좋을 걸로 사 왔는데 도대체 왜 그래?"

"그래도 난 싫어!"

"그러면 다른 걸로 바꿔다 줄까?"

깜깜한 밤이지만 아비는 기꺼이 다른 걸로 바꿔다 주겠다고 달래보는데 소용이 없었다. 도무지 이유를 알 수가 없었다. 갑자기 집안 분위기가 무겁게 가라앉고 말았다.

나도 어린 시절 이런 비슷한 일로 어른들을 불편하게 했던 기억이

× 하빠의 육아일기 ×

어렴풋이 떠오른다. 아이들이란 자신도 모르게 괜히 몽니를 부리다 제 설움을 키우고 나중에는 그걸 주체하지 못해 더 깊이 빠져들곤 한다.

한참을 더 울고 난 아이가 무안함을 감추려고 겨우 입을 뗀다.
"난 원숭이가 그려진 건 싫단 말이야!"
"올해가 원숭이 해니까 더 좋지, 뭘 그래?"
참으로 어처구니없는 이유도 다 있다. 할미가 아이를 달래 보지만 아이의 기분이 쉬이 풀릴 리가 없다. 성미 급한 아비는 화가 나서 씩씩거리다 제 집으로 돌아갔다. 아이는 집안 분위기를 싸늘하게 만든 공적(共敵)이 되어 식구들의 눈총을 받으며 일찍 잠자리에 들었다.

오늘 아침 평소보다 더 일찍 일어난 아이는 유치원 갈 준비를 서둘렀다. 그리고 자청해서 아비가 사 온 옷을 입고 가겠다고 했다. 밤새 혼자 생각해 보니 '어른들의 말을 들을 걸' 하고 후회했었나 보다.
저녁 무렵 귀가한 아이는 잘 놀고 와서 기분이 풀렸는지 함박웃음을 달고 나타났다.
"너 눈썰매 몇 번이나 탔어?"
"으음, 여섯 번이던가, 아니 열 번도 더 탔구나!"

2016. 1. 14

내일 또 썰매 태워 줄 거지요?

기상이변은 필연적으로 매번 달갑잖은 기록과 아픈 후유증을 남긴다. 북반부를 강타한 한파가 연일 기승을 부리고 있다. 미국 동부 지역에서는 유례없는 폭설로 사상자가 속출하고 도시 기능이 마비 상태라고 한다. 미국처럼 재난 대응 체제가 잘 갖추어진 나라도 엄청난 천재(天災) 앞에서는 속수무책인 모양이다.

제주도에는 폭설과 한파로 항공기가 뜨지 못해 내외국인 관광객의 발이 묶여 큰 혼란을 겪고 있다는 소식이다. 평소에 난방이 필요 없는 아열대성 기후라서 부러움을 사기도 했던 대만조차도 추위로 수십 명이 동사하는 일까지 생겼다고 하니 보통 일은 아닌 게 분명하다.

오늘은 대설주의보에다 한파주의보까지 겹쳤다. 며칠 전에 내린 눈이 채 녹기도 전에 20센티미터가 넘는 눈이 더 내렸다. 지붕이고 마당이고 길이고 온통 눈에 파묻혀 지형지물의 경계가 애매해져서 집 밖을 나서기도 겁이 난다.

자고로 배고프고 힘없는 사람들에게 추운 겨울은 2중 3중의 고통을 안겨 주는 힘겨운 계절이다. 가뜩이나 경제 전망이 어둡다고 걱정하는 세상인데 매서운 추위까지 겹치니 사람들 마음까지 꽁꽁 얼어붙었다. 이런 때면 늙고 병들고 가난한 사람들의 외로운 처지가 먼저 떠올라 마음이 무거워진다.

우리나라 시골 마을이 대부분 그렇듯이 명절이 아니면 사람 구경하기도 힘들 지경이다. 마을에 사람이 별로 안 살고 있더라도 수족이 불편한 할머니들뿐인데 그나마 눈이 쌓이면 마을 회관에도 거동할 수 없게 된다. 거의 집집마다 노인들만 살다 보니 제 몸 하나 건사하기에도 힘겨운 그들에게 자기 집 앞의 눈 치우기를 기대할 수는 없다. 그러니 눈이 오면 동네 길은 늘 빙판이 되기 십상이고 사람들은 집안에 콕 박혀 옴짝달싹도 하지 못한다.

그나마 젊은 축에 드는 나 같은 사람이 몇 안 되니 눈치가 보여서도 새벽같이 일어나 집 앞의 눈을 치우곤 한다.

오늘은 워낙 엄청난 눈의 무게에 초장부터 힘에 부친다. 치워야 할 책임량이 한참이나 남았는데 일찌감치 땀이 맺히고 팔의 힘이 빠져 지치고 말았다. 그렇지만 급히 외출할 일이라도 생긴다면 차가 빠져나갈 최소한의 길이라도 뚫어 두어야 한다. 또 무엇보다 내 손자들의 불편을 덜어 줘야 한다는 생각에 겨우 참고 버텼다.

밤새도록 내린 눈은 오전까지도 그치지 않고 더 내렸다. 창밖을 내다보니 손녀들이 사는 아랫동네 아파트가 눈에 들어오고 금방이라도 아이들이 뛰어 들어올 것만 같은 생각에 사로잡힌다. 아마 지금 손녀들 마음도 나처럼 할아비에게로 달려오고 있을지도 모른다.

곁에서 '낭만 소녀'처럼 설경을 내다보던 내자도 지금 손녀들 생각으로 그득한 표정이다. 내자는 지체하지 않고 아들에게 전화를 걸었다.

"위험하니까 차 타지 말고 수정 교회 앞까지 애들을 데리고 오너라. 썰매를 태워 줘야겠다."

아이들은 눈을 무척 반긴다. 눈밭에서 뒹굴고 눈싸움도 하고 눈사람도 만들고 미끄럼도 타고 생각만 해도 즐거움에 빠져든다. 그러니 미끄러지고 넘어지거나 추위 따위는 조금도 겁나지 않는 모양이다. 눈 오는 날 아이들의 목소리가 왁자지껄 들떠 있는 걸 듣노라면 그 넘치는 생기에 누구라도 기분이 좋아지게 마련이다.

이렇게 눈 오는 걸 겁내기는커녕 오히려 즐기는 아이들을 위해 내자는 깜짝 선물을 마련했다. 조개 캐러 다닐 때 뻘배처럼 사용하는 도구를 썰매 대용으로 활용하려는 아이디어였다. 내자는 얼마 전 휘수가 졸업 여행 때 눈썰매 타기가 제일 즐거웠다고 말하는 걸 잊지 않고 눈이 내리기만을 기다렸던 모양이다.

내자와 내가 두 녀석을 하나씩 맡아 이끌어 주었다. 우리는 기꺼이 하인이나 말이 되어 미끄러운 눈길을 달리고 또 달렸다. 세상에서 가장 예쁜 상전을 모시는 영광으로 추위 따위는 끼어들 겨를도 없었다. 역시 예상대로 내자의 기대는 적중했다. 마치 겨울 왕국의 주인공이 된 것처럼 상상했을까? 루돌프 사슴이 이끄는 녹차(鹿車)를 탄 산타가 된 느낌이었을까?

아이들이 얼마나 즐거워하는지 발그레 귀여운 얼굴에서 잠시도 웃음이 떠나지 않았다. 경사진 언덕길에서 타고 내려가기를 반복하던 아이들은 쉬이 집으로 들어가려 하지 않았다. 추운 날씨에 감기라도 들까 봐 달랜 끝에 겨우 집 안으로 데려왔다.

아이들은 꿈같은 썰매 타기의 여운이 가시지 않는지 자꾸 다짐을 재촉했다.

"하빠, 내일 또 썰매 태워 줄 거지요? 내일은 사진도 찍어 줘요, 알았지요? 약속?"

앙증맞은 아이들의 작은 손에 약속 도장을 찍어 주었다.

2016. 1. 24

하빠 집에서 자주 잘 수도 없겠네…

그러니까 작년 초가을 어느 날이었다. 직장 생활할 때 무척 아끼던 부하였던 후배 하나가 꼭 만나고 싶다고 보채서 나간 자리였다. 그는 뜻밖에도 내게 재취업을 권하는 것이었다. 이미 쓸모가 다 했다고 생각했는데 아직도 나를 찾아 주는 사람이 있다는 사실이 쉬이 믿기지 않았다.

요새는 소위 스펙 좋다는 젊은이들도 취업이 어려운 시절이다. 하물며 나이도 어정쩡한 내 또래들에게 재취업의 문이 쉽게 열릴 리가 만무하다고 생각했다. 그러니 이건 나와는 먼 이야기로 치부하고 까맣게 잊고 지내던 일이었다.

손꼽히는 대기업에서 자문역을 영입하려고 하는데 고위직 퇴직자 중에서 적임자를 추천해 달라는 제의를 받고 그는 곧바로 나를 떠올렸다고 했다. 일의 성사 여부를 떠나 나를 이토록 아끼는 그 후배의 배려가 얼마나 고마운지 목이 메었다. 예전에 나는 그에게 자그마한 호의를 보였을 뿐인데 그의 반응이 이토록 크게 되돌아올 줄은 몰랐다.

오랜 공직생활을 하면서 맺은 수많은 인연들이 주마등처럼 스쳐갔다. 그리고 퇴직한 뒤에는 그 인연들도 하나씩 정리해 나가기로 작정을 한 지 오래였다. 세상에는 은혜도 헌신짝처럼 차버리는 실리만을 타산하는 사람들이 널려 있다.

그런가 하면 바보처럼 인연을 소중히 간직하는 사람들도 더러 있기는 하다. 온갖 풍상을 겪은 나는 이제 어지간한 배신에도 별로 놀라거나 속상해하지 않기로 했다. 다만 나의 은인에 대해서는 죽는 날까지 사람의 도리를 꼭 지켜야겠다는 내 나름의 의리론(義理論)을 되새기곤 하지만.

퇴직 이후 오랫동안 묵힌 몸이라 과연 잘 감당해 낼 수 있을지 솔직히 엄두가 나지 않았다. 더구나 남에게 아쉬운 소리를 하는 데에는 유독 서툰 내 성미로 과연 기업의 문화에 제대로 적응을 해낼지 자신도 없었다. 그는 이런 나의 우려를 오히려 위로하며 자신들도 잘 거들어 줄 테니 받아들이라고까지 강권했다.

나는 퇴직하면서 앞으로는 어떤 공·사직에도 나가지 않고 손자들만 바라보며 살겠다고 다짐했었다. 욕심을 줄이는 대신 유유자적하는 삶에 자부심을 느끼며 살아왔다. 그래서 여러 차례 있었던 주위의 재취업 권유에도 흔들리지 않고 잘 버틸 수 있었다.

따지고 보면 나처럼 어정쩡한 처지에 이만큼 좋은 조건과 처우도 흔치는 않으리라. 새로운 세상에 발을 들여놓는 게 얼마나 가슴 떨리는 실험인가? 거기에는 희망과 설렘, 그리고 두려움이 뒤섞일 수밖에 없으리라.

본격적인 정년 연장의 시대에 자신의 경쟁력과 가치를 부단히 높여서 정년을 늘려 가는 것이 확실한 노후 대책이라는 말이 설득력을 갖는 추세다. 일을 해서 살아가야 하는 기간이 늘어난 만큼 일을 해낼수 있는 능력을 키워야 하는 건 당연한 귀결이다.

건강이 허락하는 날까지는 활동을 함으로써 내 손자들을 뒷받침하는 데에 작은 힘이라도 보탤 수만 있다면 얼마나 다행스러운 일인가? 이건 손자들과 나를 위한 더 없는 축복으로 받아들이자. 그래, 부딪쳐 보는 거야. 도전하지 않고 이루어지는 일이 세상에 있다던가!

더구나 나의 재취업을 부추긴 또 다른 이유도 있다. 아이들도 이제는 전처럼 그렇게 할아비를 꼭 붙잡고 있지만은 않을 만큼 자랐다. 때론 할아비의 심기도 헤아려 줄만큼 생각도 훌쩍 커졌다. 얼마 전만해도 나의 일상은 온통 아이들만을 들여다보는 삶이었지만 이제 조금은 여유가 생긴 것이다.

이제껏 경험하지 못했던 전혀 다른 환경에 적응하려면 그리 쉽지 않으리라는 망설임도 많았다. 소위 '워킹맘'은 일과 육아라는 무거운 짐 때문에 출산휴직을 마치고 복직하면서 걱정이 앞선다고 한다. 물론 내 처지가 그들만큼 그렇게 절박하지는 않지만 직장 생활을 핑계로 손자 육아에 소홀해서는 안 되겠다는 다짐을 해 본다.

이런저런 고려 끝에 어렵사리 응낙을 했고 입사를 위한 까다로운 심사 과정을 거쳐 드디어 취업이 결정됐다. 그래서 남들이 경로우대

× 하빠의 육아일기 ×

증을 받는 나이에 나는 새로운 직장을 얻게 되었다.

할아비의 취업으로 인해 다가올 변화를 다섯 살 작은아이야 알 턱이 없다. 그렇지만 몇 살을 더 먹었다고 큰아이는 어렴풋이 알아차리는 눈치다. 나의 취업을 반기는 어른들과 달리 큰아이는 이걸 나름대로 새로운 고민거리로 여기는 것 같다. 할아비가 직장에 나가게 되면 저희들과 같이 놀아 줄 시간이 그만큼 줄어들 것으로 추측하고 있는 것이다.

"하빠가 회사에 나가면 이제 하빠 집에서 자주 잘 수도 없겠네…"

영악한 아이의 계산속이 그저 놀라울 따름이다.

2016. 1. 26